U0127783

运动与健康丛书

保龄球入门与提高

林越英 陈涵 徐志诚 编著

福建科学技术出版社

编者的话

保龄球运动集休闲娱乐、强身健体和比赛竞技于一身，近年来，保龄球运动迅速普及推广于大江南北，充分显示了其为广大群众喜爱的独特魅力。

本书从保龄球运动启蒙入手，简明扼要地介绍了发展概况、场地、设备、常见用语；详尽阐述了四步助走、五步助走、三步助走等投球技术，基本功练习，常见错误动作及其纠正等基本方法，让读者尽快入门。在此基础上，本书进一步阐明了直线球、斜线球、曲线球、飞碟球的投球技巧，全中、补中的打法及其调整决窍、技术示例等，还介绍了保龄球运动的规则与计分方法，读者可尽窥其中奥妙，迅速提高竞技实战水平。

由于时间匆促，书中不妥之处，诚望广大读者批评指正，不胜感激。

1999年2月

目录

一、发展概况

保龄球也叫地滚球，是在地面上滚球击木柱的一种室内体育运动。1930 年，英国伦敦一位研究埃及文物的学者福兰达斯·培德里爵士在挖掘距今 7200 年的埃及古墓遗址时，发现了 9 块成形的石头和一个石球，类似于现代保龄球的大理石球和瓶，并断言此即为当时保龄球雏形的玩具。由此可说，埃及可能是保龄球运动的始祖。古学者还发现，古时彼里尼西人也有一种叫做“乌拉玛伊加 ”的投掷游戏，同样用石头作球和“目标”。更为有趣的是当时球和“目标”的投掷距离也是 18.288 米（60 英尺），和现代保龄球道的距离基本相似。

“九柱戏”是现代保龄球运动的前身，它于 2～3 世纪起源于德国。最初它只是作为一种宗教仪式出现，虔诚的教徒们在教堂的门厅或走廊上竖一柱子，表示邪恶或异教徒，而石球则代表正义，教徒们以球击木柱，若击倒木柱，则可赎罪、消灾，击不中的话，则就更加虔诚地信奉“天主”，从而求得精神上的解脱。

此运动特有的娱乐性和趣味性，使其踪迹遍布早期欧洲其他国家。13 世纪，英国开始在草坪上面玩保龄球，当时的目标仍为一个柱子。到了 14 世纪，这种游戏在英国得以蓬勃发展，目标也由原来的一个柱子增至九个柱子，故俗称“九柱戏”。它一经问世，便成为英国当时最为风行的运动。据说，英皇爱德华三世曾因军队士兵沉溺于“九柱戏”，而下令禁止此游戏。然而，他却允许贵族在宫廷花园内玩“九柱戏”。

16 世纪，荷兰移民将“九柱戏”引入美洲。17 世纪，保龄球的独特魅力很快被美国人所接受，并逐渐由户外转移到室内。17世纪中期，美国第一个永久的保龄球比赛场地在曼哈顿炮兵连的草地上出现，这块地如今已被众多的金融大厦所包围，但是忙碌的纽约客仍习惯地称这块地为“保龄绿地”。在开拓期的康乃狄克州，非常盛行利用打倒的球瓶数来赌博，导致很多人都懒得工作。因此在1840年，根据州法加以禁止。由于当时此州的法律明文针对九瓶式保龄球，于是有个聪明的人就想将原来的九柱增加一柱，变成了十柱，还有将原先的菱形排列也改成了三角排列，钻了法律空子，从而巧妙地躲过了禁令的限制。由此，这运动在美国颇具影响力，其名称也被改作“保龄球沙龙”，受禁的保龄球运动也从此登上了大雅之堂，成为一种高尚的娱乐活动。翻开美国林林总总的历史记载，会发现有不少政治家曾是保龄球运动的热衷者，如林肯是美国第一位欣赏保龄球运动的总统；而以幽默著称并深受后人喜爱的著名作家马克·吐温也是个标准的保龄球迷。

19世纪末，大规模的保龄球运动已流行到世界各国。尽管如此，保龄球俱乐部的设备、球的大小和柱的形状仍然各不相同，球道的距离也因长短不一而有差异，规则和计分方式也不尽相同，为解决这一混乱现象，在1875年，美国纽约地区九个保龄球俱乐部的27名代表组成了世界上第一个保龄球协会，这个组织的寿命虽然很短，但它在保龄球历史上首次定出了专业保龄球运动的相关规定：即球道18.288米（60英尺）长，球瓶43.18厘米（17英寸）高，瓶腹圆周长40.64厘米（16英寸），瓶顶直径为5.08厘米（2英寸）宽。从此，形形色色的保龄球运动得到统一，为以后的技术交流和发展奠定了基础。

20年后的1895年9月，纽约正式成立了保龄球协会（ABC总会），制定了一套延用至今的10瓶制保龄球竞赛规则，以及球瓶、球道与设备的标准，成为今日正式的保龄球技术。1916年成立了女子保龄球协会（WIBC），随后又成立了青少年保龄球协会（YABC），从而开创了保龄球运动的新纪元。

成立于1952年、总部设在芬兰赫尔辛基的国际保龄球联盟（简称FIQ），是领导全球保龄球运动的国际组织，其任务是促进保龄球运动成为国际运动。FIQ除制定保龄球国际比赛规则外，并负责筹办国际保龄球比赛大会，目前拥有69个会员国，该组织分为九瓶部和十瓶部。我国推行十瓶部并接受国际保联的世界十瓶保龄球联合会（WIBA）的指导，而九瓶制保龄球至今仍在德国等地流行。国际保联把世界划分为美、欧、亚三大区域，每年在不同的国家和地区举行一次世界杯比赛，每两年举行一次区域大赛，每四年举行一次世界大赛。此外还有世界女子锦标赛和青少年锦标赛等。第一次正式的国际比赛于1954年在赫尔辛基进行，有七个欧洲国家参加。1963年7月举行了第一届世界锦标赛，1964年11月举行了第一届世界杯赛，1968年举行了首届亚洲锦标赛。保龄球在1974年、1978年和1986年亚洲运动会上被列为正式比赛项目，设有男女金、银、铜各6枚奖牌。1988年第24届汉城奥运会把它列为表演项目，1992年第25届奥运会将它列为正式比赛项目。

20世纪初，西式保龄球传入我国。1925年前后，上海、天津、北京等大城市建有人工保龄球场，专供少数洋人和“上等华人”享用，广大平民百姓无缘参与。当时的球与木瓶有大小两种，球道也有长短之分，依靠人工拣球和摆放木瓶，没有任何机械设备。解放后，国内对保龄球运动一时还缺乏认识，不少球场被拆除，最后保留下来的球道只有上海锦江俱乐部（原法国总会）六条，上海体育俱乐部（原西侨青年会）四条，以及天津老干部俱乐部（原英国乡村俱乐部）四条。

随着我国改革开放的深入发展，中国老百姓对保龄球的认识从最初电影或电视逐步过渡到现实。现在这项运动正以一种体育娱乐的形式传遍我国的大江南北，成为一种休闲时尚。1981 年 2 月，上海锦江饭店同美国 AMF 公司友好合作，在锦江俱乐部建成了有六条自动化球道的保龄球场，为我国首创。1985 年 3 月，国家体委在北京民族文化宫举行了全国保龄球表演赛，参加的虽然只有北京、上海、天津三个城市的五支球队，但它预示着保龄球运动开始进入中国人的生活。1985 年 5 月 26 日中国保龄球协会宣告成立，同年由新加坡保龄球教练来华讲学，经过两个星期培训后，来自全国各地的 36 名学员，返回各自地区，为推动我国保龄球运动开展的先锋。随后，我国的保龄球运动发展很快，全国各地的保龄球馆如雨后春笋般建立起来。据统计，目前全国已拥有保龄球馆约 3150 个，1 万多条球道。其中发展快、起步早的上海有 1000 道，北京有 800 道，而且还正以每周有两家保龄球馆开张的速度不断发展壮大。场地的发展也促进了各种赛事的繁多，参加全国比赛的队伍也越来越多。1993 年前后，我国形成了四大常规赛事，即全国锦标赛、全国精英赛、全国青少年锦标赛和中国国际公开赛。与此同时，我国积极参与国际赛事，1991 年在北京成功举办了 AMF 杯国际保龄球精英赛，参加的国家与地区多达 42 个。1997 年在深圳举行的第 10 届远东十瓶保龄球锦标赛中，中国队取得零的突破，获得男子三人赛金牌，并在第 2 届东亚运动会上男子选手赵军和女子选手梁丽影双双勇夺金牌。

保龄球场地设备的发展同样经历了从雏形→成形→完善的几个大阶段。首先，保龄球运动起源时，球是石制的，后来改用木料，而且球的直径不大，可以用手握着来投掷；到 19 世纪 20 年代出现了胶木球，并有分大小。小球上没有指孔，大球上有拇指孔和中指孔，但胶木球硬而脆，容易破裂；后来再改为硬橡胶球，但因橡胶有一定的柔韧性和弹性，同样不理想；到 40 年代又制成了一种全黑色、带花纹的塑胶球，为了便于投掷和技术的发挥，球上钻了3个指孔，男女使用的球仅重量不同，大小还是一样的。到50年代后期，球的材料有了新的发展，制造时采用现代化的技术和工艺，出现了塑胶树脂高分子合成球，近几年又进一步采用尤氯丁纤维胶等有特性的材料，制造出了软、中、硬三种不同性能的球。

其次，球道也有了很大变化。最初在草坪上，以后移至室内，但也只是在门厅、走廊或专设房内的地上进行，直到19世纪才由美国人将其发扬光大，用漂亮的枫木纵向拼接而成。

第三，保龄设备改进很显著。起先靠人力把击倒的目标重新竖好，并把球送给投掷者；30年代出现了简易的自动竖瓶装置；50年代，科技发展使整个保龄系统电子电脑自动化，自动化机械系统由捡瓶机和回球机组成，通过程序控制箱控制扫瓶、送瓶、竖瓶、升球、回球瓶位信号、显示和犯规器等动作，实现捡瓶的全过程。此外，一次全倒的入射角、球在球道上滚动的速度、球路的轨迹等，瞬间都能以几何学的方式加以解析，并印在记录纸上的高科技机器，也都已登场。可以说，当前像保龄球这样高度机械化、科技化的运动并不多见。

二、场地与设备

以一抵十！这是多么漂亮的一掷。对于一个初次手执保龄球的人来说，脑海里可能会泛起一片“全倒”的壮观景象。可是球出手后，就开始跟你唱反调，小则意思意思碰倒两三个瓶，算是安慰，大则索性滚到沟里去，让你吃个零蛋。事实上，你的手和脚并没有那么笨拙，只是缺乏一些基本常识和正确的技术指导而已，下面我们就逐一加以介绍。

（一）球道和助走道

1. 球道和助走道的构造

球道：保龄球滚动的木制区称为球道。全长 19.15 米，宽 1.042～1.066 米，每一球道均由宽约 3 厘米，厚约 15 厘米的 39 块加拿大枫木条纵向拼接而成，表面应使用特种光漆，以保持光滑，保持水平，不得凹凸，但直径在 0.0984 厘米以内的凹凸及斜度是被允许的。

助走球道：运动员投球前的助走区称为助走球道，它的长度自前端起至投掷线上（不包括投掷线）为 4.572 米以上，宽为 1.522～1.529 米，水平误差不得超出 2.00914 厘米（0.004 英寸）。

犯规线：是球道和助走道的分界线。此线宽 2.5 厘米。

置瓶区与排瓶标志：置瓶区在球道的最末端区。为求排瓶正确，用纤维质料做标志，嵌入球道板内，称排瓶标志。

坑：球和木瓶落进地区。

护板：置瓶区到坑的两侧，用纤维质料做成的木板。

球沟：球道两旁的沟称为球沟。保龄球如滚出球道即掉入球沟，它的深度与宽度以球一旦滚进沟内就不能再滚回球道为原则，所以沟宽是22.5～23.7厘米，沟深为8.75厘米。

回球装置：投球之后，将球送回到记分台前面地区的自动机械装置。

重置装置：如瓶没有放稳时，揿按钮后可重新置瓶的装置。

剩瓶显示区：显示全倒或剩下的瓶位。

记分台：记分用的桌子，包括双人座位、投影装置、球员座位等设备。最现代化的球场装有电脑记分系统和送瓶装置。

故障呼叫按钮：球不返回或摆瓶机调整不良时，联络机房的按钮。

球台：摆球的台。

球道剖面图见图1。球道与助走道的构造见图2。

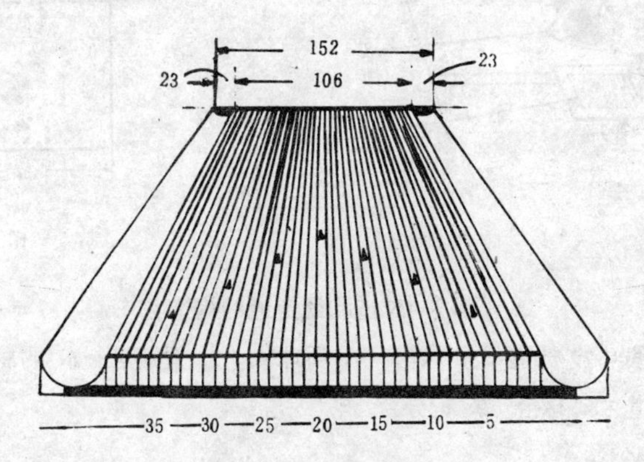

图1　球道剖面图

2. 球道上的标记（图3）

站位标记：在助走道上距犯规线4.57米和3.66米两处各有5或7个黑圆点间隔排成列与犯规线平行。它们是作为掷球者选

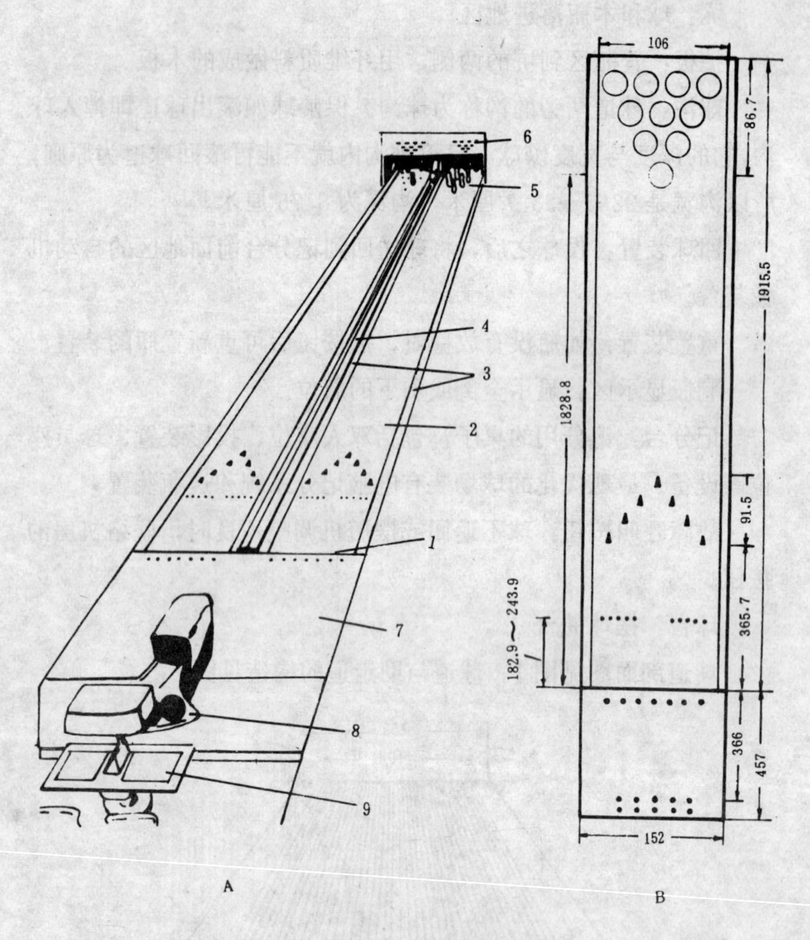

图 2　球道和助走道的构造

1. 犯规线　2. 球道　3. 球沟　4. 回球轨　5. 置瓶区　6. 剩瓶显示区　7. 助走道　8. 球台　9. 记分台

定站立位置的参考标志。

滑步标记（放球标记）：在助走道上距犯规线 5.08～15.23 厘米范围内，有 7 个间隔排列成一列的小黑圆点。它是作为掷球者掷球时步伐停止的参考标志。

诱导标记：在球道上距犯规线 2.14 米处，左右各有 5 个黑圆点。此标记是为初学者投线球设计的。对优秀选手而言，它们在一定程度上已经失去了作用。

山形标记（箭头标记或瞄准点）：在球道上距犯规线 3.65 米有 7 个三角形箭头。它是帮助掷球者掷球瞄准的标志。

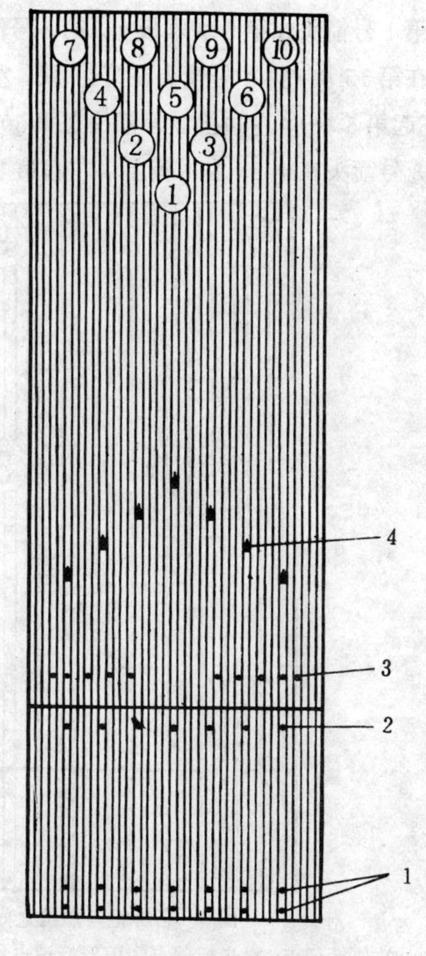

图 3　球道上的标记

1. 站位标记　2. 滑步标记　3. 诱导标记　4. 山形标记（瞄准点、箭头标记）

3. 各标记与瓶位之间的关系

只有清楚了解站位标记、滑步标记、诱导标记、山形标记和瓶位五者位置之间的关系，才能打好保龄球，否则要想得到好成绩是无望的。

既然球道和助走道是由 39 块枫木板纵向拼接而成，那么每块木板的位置可以用一个数字表示。右手掷球的球员从右边开始数，左手掷球者则相反。

站位标点、滑步标记点和山形标记点三者在同一块木板条上，即第 1 号箭头在第 5 块木板上，第 2 号箭头在第 10 块，第 3 号箭头在第 15 块，第 4 号箭头在第 20 块，左边第 1 号箭头在第 35 块（左起第 5 块），左边第 2 号箭头在第 30 块（左起第 10 块），左边第 3 号箭头在第 25 块木板上（左起第 15 块）（图 4）。

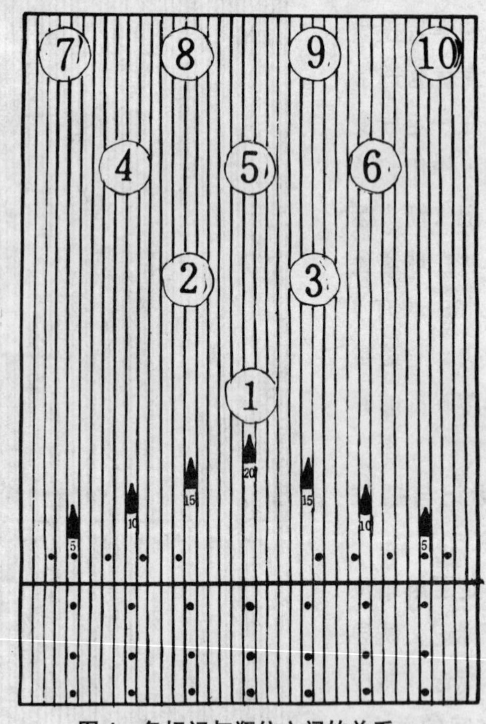

图 4 各标记与瓶位之间的关系

站位标记点、滑步标记点和山形标记点均在第 5、10、15、20、25、30、35 块木板上

右边的诱导标记点在第 3、5、8、11、14 块木板上 左边的诱导标记点与右边的标点正好相反。

10 个瓶位从右向左算起，分别在：第 3～4 块之间、第 9 块板上、第 14～15 块之间、第 20 块板、第 24～25 块之间、第 30 块板、第 35～36 块板之间诱导标记的排列，右边5个标点：第1号标点在第3块木板上，2号标点在第5块木板上，3号标点在第8块木板上，4号标点在第11块木板上，5号标点在第14块木板上。左边5个标点是从左边算起，与右边5个标点正好处于对称位置。

在球道上10个木瓶排列位置如下：从最靠右边的说起，10号瓶位的中心线在第3～4块木板之间，6号瓶位的中心线在第9块木板的中心线上，3号和9号瓶位的中心线同在第14～15块木板之间，1号和5号瓶位的中心线同在第20块木板的中心线上，2号和8号瓶位的中心线在第24～25块木板之间，4号瓶位的中心线在第30块木板的中心线上，7号瓶位的中心线在第35～36块木板之间。

（二）保龄球

1. 球的构造

将保龄球从中剖开，可看到它由球核、重量保垒和外壳三部分组成（图5）。球核是确保标准重量的塑胶填充物；重量保垒是重质塑胶粒子合成体，重量保垒的形状被设计成多种的形状，有半月形状、方块形状、酒杯形状、薄饼形状等等（图6），但不管是什么形状的重量保垒，它的作用在于保证球钻孔后有一个重量补偿，并产生不平衡重量。外壳大多使用如下三种材料：聚脂、人造橡胶、活性橡胶。它们均按照国际规格，制成表面光滑、有一定硬度和标准重量的球体。

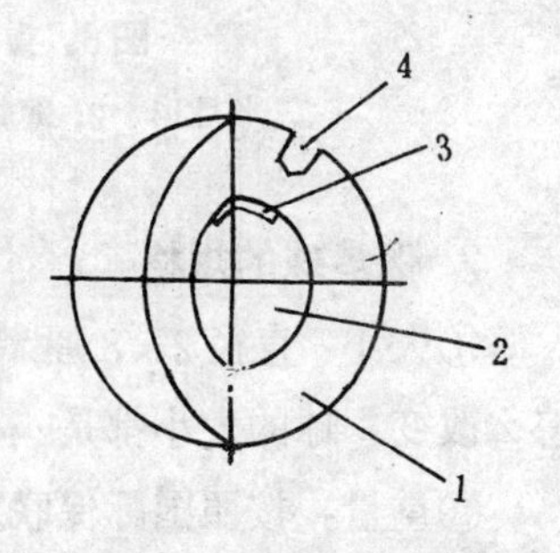

图5　球的构造

1. 外壳　2. 球核　3. 重量保垒　4. 指孔

聚脂球的材料较差，寿命较短，但价格也较便宜，一般是作为初学者的入门用球。人造橡胶球的价格适中，对于打直线和飞碟球的选手，选择这种球比较合适。活性橡胶球的附着力、摩擦力较大，对于打钩球、曲线球的选手，使用这种球可获得进入瓶袋的较大的射入角，增大球的威力，但价格较昂贵。

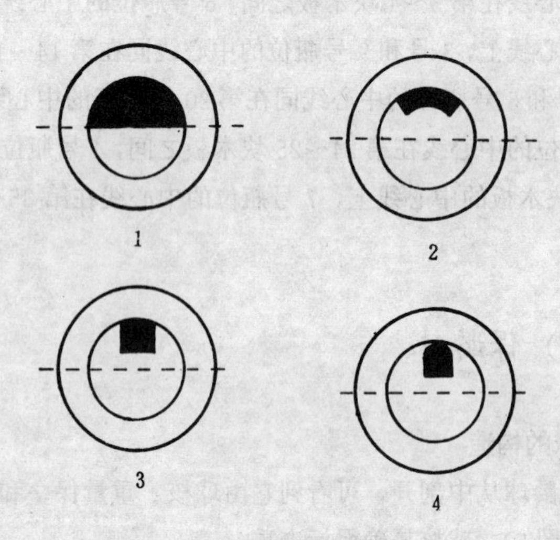

图6　重量保垒的几个形状

1. 半月形　2. 薄饼形　3. 方块形　4. 酒杯形

2. 保龄球的规格

①大小：直径 21.8 厘米，圆周长是 68.58 厘米。无论重量再怎么改变，球的大小都是一样的。

②重量：按照国际保联要求，采用码数来表示球的重量。从 6 磅到 16 磅（6、7、8、9、10、11、12、13、14、15、16 磅），共分 11 种重量等级，每粒球的重量和球的牌名、商标、编号、重量保垒直接标在球的表面，我们可以一目了然（图 7）。

③硬度：按国际保联的规定，在 23℃常温下，用硬度表分别

在球的前后左右四处进行检查。不同硬度的球适合不同的球道，由于每条球道有不同的特征，加上目前又有更好的合成球道面市，同时，根据规则，球员无论在训练或比赛中都没有选择球道的权利，所以只能选择表面不同硬度的球来适应球道，以保证正确的技术、技巧、角度等的有效发挥，获得好成绩。在合成球道或油多的快速球道上，以使用软性球为好，一般的球道使用中性球，油少的慢速球道使用硬性球，多数选手通常喜欢使用中性球。

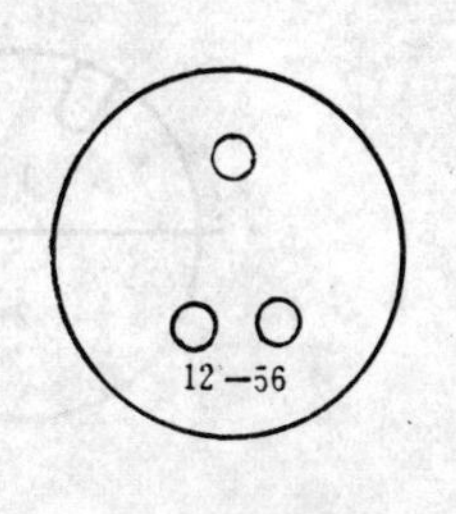

图7　保龄球的标示

第一个数字表示球的重量，使用者捧起便可知道重量；第二个数字是整理用的，与重量完全无关

④平衡：保龄球大体可分为顶（上）、底（下）、前、后、左、右六个部分。一个已经钻孔、并经过检验合格的保龄球，人们很容易确定它的定向，即顶部在有指穴洞的半边球，底部为另半边球，前部在拇指孔的一侧，左右边则以中指和无名指之间为界线而分(图 8)。

若是一个还未钻孔的保龄球，要如何定向呢？其实这也不难，重量保垒识别标记在球的顶部，钻孔前只要根据重量保垒标记，用专用量具划出对等线，即可确定上述六个部分。确定这六个方位的目的在于制作出的球必须严格符合国际保联的要求。即 10 磅至 16 磅的球，顶部和底部，不平衡重量正负不得超过 84 克（3 盎司），前后和左右正负不得超过 28.35 克（1 盎司）。若是 6 磅至 9 磅的球，顶部和底部不平衡重量正负不得超过 21 克（0.75 盎司），前后和左右正负也不得超过 0.75 盎司。按规定禁止使用打磨翻新和填补指孔后重新钻孔的“再生球”。

3. 球的种类

(1) 通用球

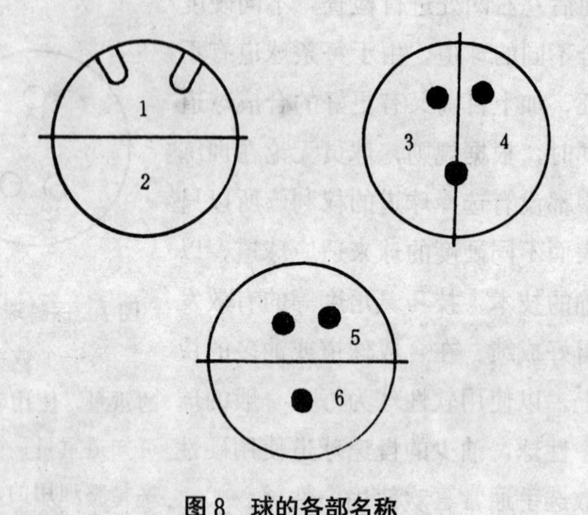

图 8　球的各部名称

1. 上　2. 下　3. 左　4. 右　5. 后　6. 前

球馆所准备的球是供众人使用的。因此叫通用球或娱乐用球。球上标有重量，三个指孔的距离较近，指孔较大，感觉宽松。

（2）专用球

一个希望技巧早点纯熟的球员，必须考虑拥有适合他个人使用的球。如果想做一颗属于自己的球，必须找专门师傅或专业教练商量。专用球是根据球员的体重、体力、握力和臂力等各种因素决定的最适合该球员使用重量的球。重量决定后，再用专业量具测量球员手的大小、手指粗细长短和柔软程度，最后根据确切的数据进行专门钻孔。

通用球和专用球有如下较大的区别：第一，在于指孔间隔与桥距的大小（图 9），指孔间隔指的是拇指孔与中指孔、无名指的距离。指孔间隔较短如通用球，它的优点在于较容易得到球的速度，而非旋转，很适用初学者使用。而专用球的指孔间隔较通用球的长，具有使球容易运转的优点（图 10）。桥距则是指中指与无

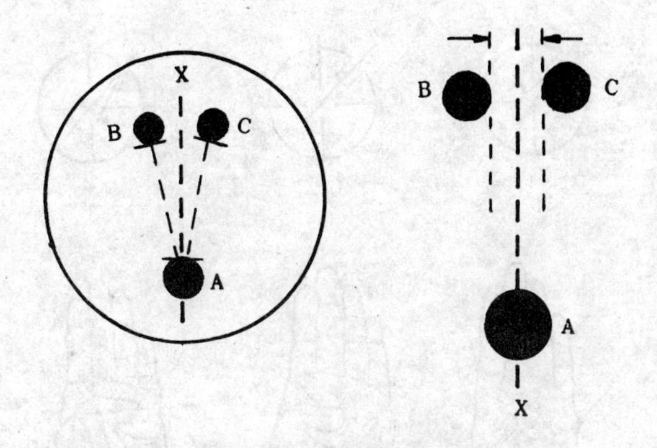

图 9　指孔间隔、桥距

X. 球的中心线　A. 拇指孔　B. 中指孔　C. 无名指孔　A～B、A～C. 指孔间隔　B～C. 桥距

名指的距离，通常为 0.25 英寸(0.5～0.8 厘米)。间隔较宽者感觉较容易支撑。相反地，间隔较窄的球比较旋转。第二，指孔的倾斜度（图 11)，由于各人手指的柔软程度存在着不同的差异，有的属软性手，有的属于中性手，有的则属于硬性手，这样就使得在钻孔时需要根据几何数来确定手指孔的倾斜度，以求得与手型完全相配，便于在投球时手指能顺利地脱出指孔，只有这样的球才能发挥出最大优点，成为好球。要做到这点，只有配合钻孔技师，对本人的手型进行测量、检查，才能得到一个适合自己的好球，球馆所能提供的通用球是做不到这一点的。

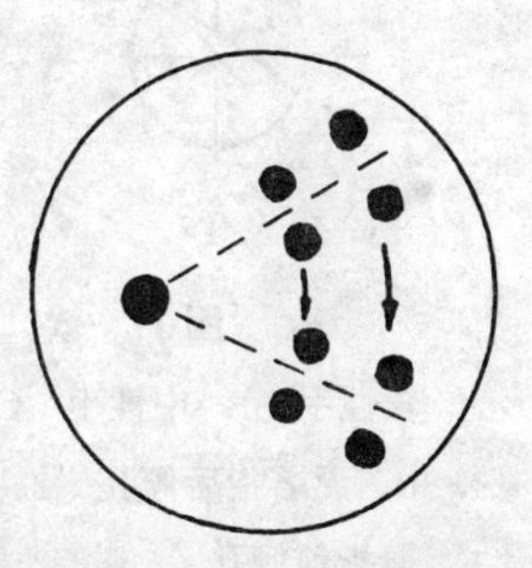

图 10　指距长短与旋转力的关系

指距拉长可增加球的旋转力而使投球有更大效果

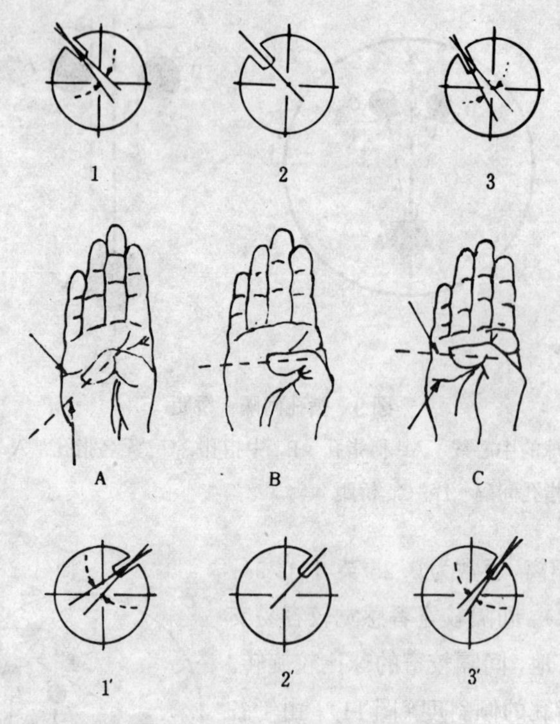

图 11　软、硬、中性手的指孔倾斜

A. 软性手　B. 中性手　C. 硬性手

1. 中、无名指后倾孔　2. 中、无名指向心孔　3. 中、无名指前倾孔

1′. 拇指前倾孔　　　　2′. 拇指向心孔　　　　3′. 拇指后倾孔

4. 保龄球的选择

“工欲善其事，必先利其器”。所以要想打好保龄球，球的选择非常重要。在此，我们针对保龄球馆内的保龄球选择方法进行简单的介绍，也仅仅对球的重量而言。

（1）以年龄为依据的选球标准

6 磅（2.72 千克）｝小学生
7 磅（3.18 千克）
8 磅（3.63 千克）｝中学生
9 磅（4.08 千克）
10 磅（4.54 千克）｝女青年
11 磅（4.99 千克）
12 磅（5.44 千克）
13 磅（5.90 千克）｝男青年
14 磅（6.35 千克）
15 磅（6.80 千克）｝中、高级球员
16 磅（7.26 千克）

（2）以$\frac{1}{10}$体重为依据的选球标准

球重（磅）：	8	9	10	11	12	13	14	15	16
球重（千克）：	3.6	4	4.5	5	5.5	6	6.4	6.8	7.3
体重（千克）：	36	40	45	50	55	60	64	68	73

对初学者而言，刚开始会觉得每一个球都很重。这是因为在对保龄球技术还不适应的状况下，手臂、肩部、腰部等部位都会用太多力量。所以即使是体重较有份量的人，也以男性不超过 14 磅，女性至多不超过 12 磅为原则。另外，使用稍重一点的球，步法和姿势会受到不良的影响。总之，初学者还是选用较轻的球为好 。只有掌握了运球和投球的基本技术，才可进一步选用合适的重量，且重量一旦选定，就不要再更改。对于打直球、钩球和曲球的球员，因为球越重对木瓶的破坏力越强，所以尽量用重一点的球；而对于打飞碟球的球员，因为打飞碟球容易伤手，所以一般选择较轻的球，约为 10～12 磅。

对中高级选手来说，他至少要拥有三个以上的专用球，并且这三个球的重量必须一样，仅在外壳的硬度上有软、中、硬的区

别。因为在正式比赛中，虽没有选择球道的权利，但有选球的权利。按规定可以使用其中的两个或认定的一个。一个想拥有专用球的球员，他在选球时除了注意球的材质、表面硬度、球的总重量与重量平衡外，还应着重考虑指孔间隔与桥距的大小，以及各指孔的倾斜度。

（三）木瓶

1. 构造

木瓶是用硬度高的枫木为材料制成，表面用塑质化合物加工成极为圆滑的曲线，也有用厚板夹制的材料制成球瓶。

2. 规格

①重量：木瓶重量为三磅二盎司至三磅十盎司(约1.42～1.64千克)，称为3-2瓶和3-10瓶。十个木瓶的重量必须平均，虽然说每一组10支球瓶的重量不可能完全相等，但它们之间的误差范围不得超过4盎司。

②大小：球瓶的高度38.1厘米，自瓶颈1/3处最细，凹成颈状，又由下端往上1/3处最粗，最细部分直径为4.6厘米，最粗部分的直径是12.1厘米（图12)，最粗的腹部圆周长为38厘米。

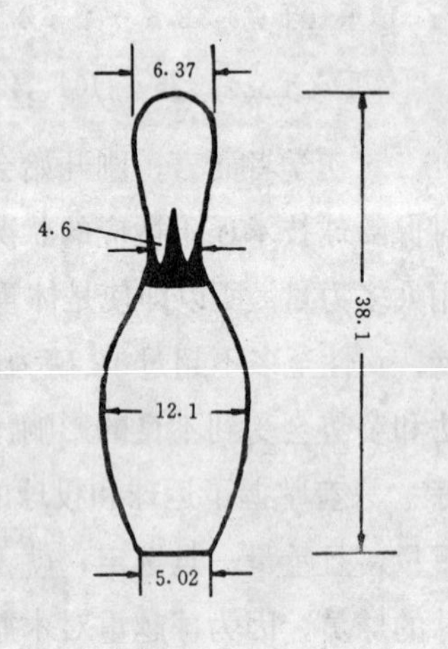

图12　木瓶的规格(单位:厘米)

3. 木瓶的排列

十个木瓶排列成每边长为91.4厘米的倒正三角形，而且相邻瓶子之间的距离为 30.48 厘米（图 13）。

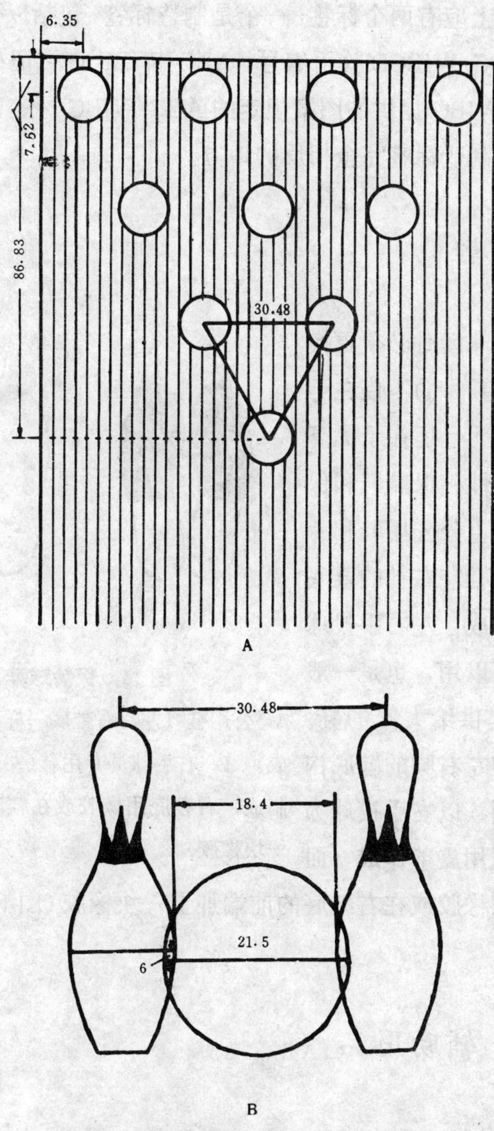

图 13　木瓶的排列　　（单位：厘米）

4. 木瓶表面的标记

每个瓶上应有两个标签：一个是制造标签，包括以下几点：行业名称，ABC/WIBCD 许可编号，ABC/WIBC 许可证；另一个是符合 ABC/WIBC 提供的图案规定的 ABC/WIBC 标签，但此标签必须贴在与制造标签完全相反的地方。

（四） 鞋

进入投球区时必须更换保龄球鞋。其目的不仅在于保护球道，而且还在于提高脚步的协调性。保龄鞋和保龄球一样，也分公用鞋和专用鞋，公用鞋左右鞋的鞋底都用皮革制成，左右手投球的球员都可以用，也是一般保龄球馆提供给大家的鞋。而专用鞋的左右脚的鞋底构造有所区别。以右手投球为例，左鞋底用皮革作成，而右鞋底则用橡胶或在右鞋底的前端加上一块橡胶（图 14），左手球员则相反。

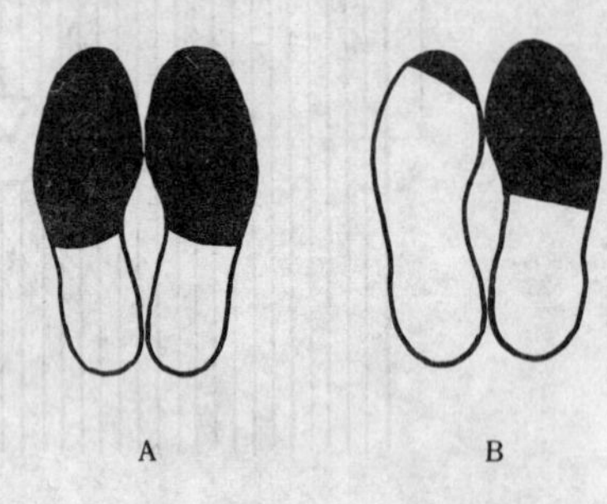

图 14　保龄球鞋

A. 公用鞋（左、右鞋底一样，用皮革制成） B. 右手球员专用鞋（左鞋底用皮革制成，右鞋底用橡胶或在鞋底前端加上一块橡胶）

（五） 辅助用品

1. 护腕

护腕的目的在于保护和固定手腕。投球的时候，手腕和手臂的负荷很大，长时间的训练和比赛很容易造成局部的负担过重，引起肌肉的疲劳而负伤，带上手套及护腕可以起到保护的作用，减少受伤的程度。其次，保龄球运动对手法的要求极其苛刻，那怕动作的微小变化都会影响到球的行走路线和击中目标的效果，带上护腕可以起到良好的固定作用，投球时出手比较稳定。

2. 涩手物

持续的运动加上保龄球的重量，持球手承受的运动量大，难免手会出汗，不利于抓球等一些基本技术的运用。为了保持手指的干燥，增加运球时的握力，以及出手的钩提力量，通常用干毛巾擦，或在风口吹干，或用涩手品（干手粉、干手包、干手球）进行补救，以保证技术不走样。

3. 滑粉

若指孔稍大，可用贴指孔贴片进行调整，还可以用涩手粉。而当指孔稍紧或手指太干涩的时候，为了出手的顺畅，可在手指上撒点滑粉，方便手指抽出指孔。此外，打保龄球时，为了保持动作的协调性，最后一步应该是滑步，若滑步那只脚的鞋底不够滑（特别是新鞋），或助走区不够滑时，很容易造成动作不稳，甚至跌倒，在这种情况下，必须在滑步那只脚的鞋底粘些滑粉，有利于技术的发挥。

4. 创口贴、护指水

由于手指与球孔的不断摩擦，球员的手指可能擦伤。这种情况下，必须用创口贴来保护手指；如果球员在受伤之后仍需继续打球的话，则最好使用护指水。整套的护指水配有纤维状的薄片，使用时，先在受伤的部位放上薄片，然后涂上一点护指水，用另一只手压在薄片上，由于护指水是一种挥发性的液体，等到护指水挥发完后，薄片就会紧紧地贴在受伤的部位上。因为薄片很薄，对手指的插入指孔没有太大的影响，也不影响技术的发挥，所以在使用了护指水之后仍可继续投球。

5. 砂纸、胶带

手指的粗细早、晚有所不同，打了数局之后也会发生变化，在投球时会感觉异样，这时要对指孔进行必要的调整。指孔调整可用砂纸、胶带或指孔贴片。

三、投球基本方法

（一）保龄球运动的常见用语

①平均打击率：合计数局成绩所得的平均分数，用以代表投掷者的技术水准。

②格：指一局中投球的回合数。

③歪球：当右手投出球时，球路反其道而行，呈左弧抛物线，然后向右变曲的情况。反之，左手投的情况刚好相反。

④曲球：当右手投球时，球路呈右弧线最后向左侧弯曲的球。反之，若左手投球时，则向相反方向弯曲的球。

⑤钩球：指球在距球瓶 2、3 米的前方做面向球瓶剧烈弯曲的情况。右手投球时则向左弯曲。

⑥飞碟球：利用陀螺式旋转使球瓶全倒。

⑦全倒或全中：每局的第一球即把 10 个瓶子全部合法地打倒。

⑧补中：每局的第一球打完以后置瓶区还有站瓶，而第二球把剩下的站瓶全部打倒。

⑨剩瓶或称残瓶：指第一球投出后，所剩下的未被击倒的球瓶。

⑩得分：原则上每撞倒一瓶算一分。

⑪失误：投球犯规或球滚进球沟，致使投完二次球之后，仍然无法将 10 个球瓶全部击倒，因此出现的残局就称之为失误。

⑫洗沟球：指球投出后，未触及球瓶而滚入球道两旁球沟的情况。

⑬死球：指投出的球被判无效的情况。

⑭坏球：指撞击①号瓶的劲力太弱。

⑮墜球：即因放球较迟，球重重地落在球道上而发出很大的声音。

⑯空回：未取得全倒或二次全倒。

⑰让分：两个以上实力相差悬殊的球员在进行比赛时，为了公平起见，强者预先让弱者一定的分数，而在弱者的记分表上追加这个分数。

⑱强打：指球从①号瓶的正面冲过。

⑲分离瓶：指①号瓶已被击倒，而剩余的球瓶（两个以上）斜向有空缺，横向有间隔。

⑳双胞胎：指残瓶有两个时，其中一个位于另一个的正后方，因而无法看见的情况，也有称为“孪生”。

㉑技术瓶：指第一球已被合法地投出，把①号瓶及其他几只瓶子击倒，而剩下的瓶子呈下列状态：一是剩下两个以上的球瓶，每球瓶之间至少被击倒一只，例如⑦号瓶和⑨号瓶，或③号瓶和⑩号瓶；二是剩下两只以上的瓶子，前面的球瓶最少有一只被击倒，例如⑤号瓶和⑥号瓶，这种情况按瓶位距离、方向的不同，可分为大分瓶、中分瓶、小分瓶和斜分瓶。

㉒火鸡：指连续三次全倒。

㉓圆点：投球预备姿势时所注视球道的记号。

㉔射入角（袋角）：指球转向①～③号或①～②瓶位时的路线与①号瓶中心线之间构成的角。

㉕球袋：指球和球瓶的接触点。

㉖切瓶：补中球只击倒了前面的球瓶，而后面和旁边的球瓶

不倒，称为切瓶。

㉗打薄：球仅擦碰目标瓶的边缘部分，称为打薄，反之则称为打厚。

（二）抓球法

抓球法又称持球法或握球法。打保龄球同打乒乓球、羽毛球等需借助手中器械运动的一样，首先面临的问题便是如何抓握器械。一个正确、合理的抓握方法是掌握和提高技术的重要部分之一。保龄球的抓球即用大拇指、中指、无名指三个手指抓球。抓球的方法以一只手的三个手指插入指洞而抓起，其中因中指和无名指插入指洞的深度不同(指孔间隔的大小)，分为传统式抓球法、半指节（半握式）抓球法和满指节（全握式）抓球法三种。

1. 传统式抓球法

大拇指完全插入，中指、无名指插入指孔至第二指节，持球后，手掌心和球之间必须有夹着一只铅笔的空间较为适当（图 15）。

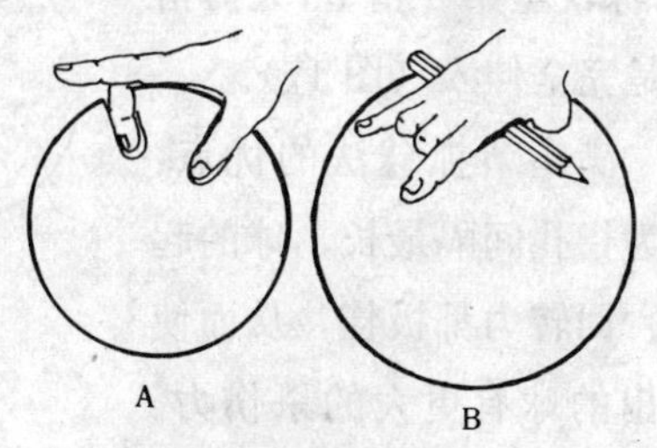

图 15　传统式抓球法

A. 中指和无名指伸入至第二指节

B. 球与手掌之间留有一支铅笔的空间

传统式抓球法的优点：因为三个手指入孔深，球的重量能平均地分配在三个手指上，因而抓球容易，投球时不会有怕球漏失的不安全感，较容易得到球的速度而非旋转；便于投出直线球和斜线球，适合于初学者和手力弱的女性。一般保龄球馆提供的通用球（或叫娱乐球）都是采用传统式抓球法。

2. 半指节（半握式抓球法）

大拇指也是完全插入，中指、无名指伸入至第一指节和第二指节之间（图16）。

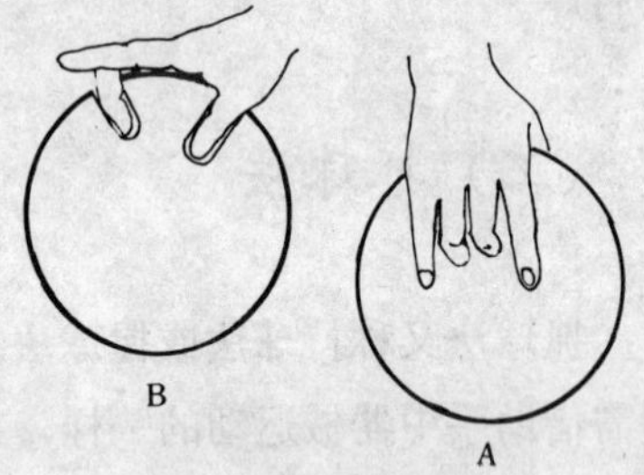

图16 半指节抓球法

A. 上视 B. 侧视

半指节抓球法的优点：比传统式抓球法好学，尤其是打变化球时，用这种方法最好；打飞碟球的球员也采用这种握球法，同时也能更好了解到保龄球的精彩趣味。缺点：初学者要想控制得当较困难，所以必须等基础训练熟悉掌握之后再来提高。半握式抓球法必须使用个人专用球，而不是保龄球馆提供的通用球。

3. 满指节（全握式）抓球法

3. 满指节抓球法

中指和无名指伸入指孔，深仅至第一指节，大拇指还是完全伸入（图17）。

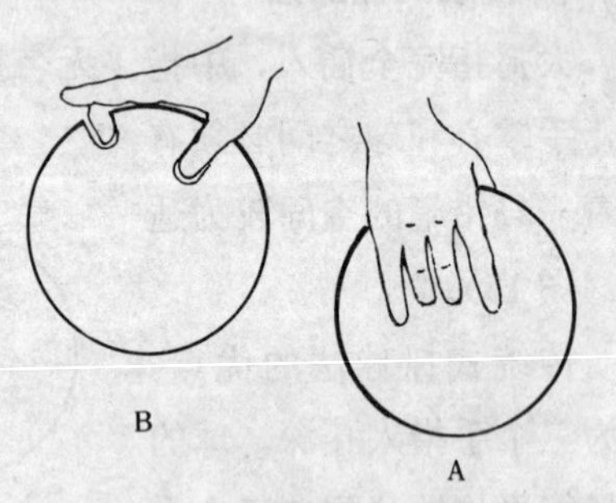

图17 满指节抓球法

A. 上视 B. 侧视

满指节抓球法的优点：因为指孔间隔最长，球的起伏、回转力都极佳，从而使投出的球有更大的杀伤力。缺点是手指的负担重，摆动费力，非常难控制住球，若是初学者或并非很有经验的选手，勉强使用满指节抓球法会使手指的手腕受伤。

三种抓球法只讲了大拇指、中指、无名指的基本技术。食指、小指的协调配合，其放法如图18的四种位置。

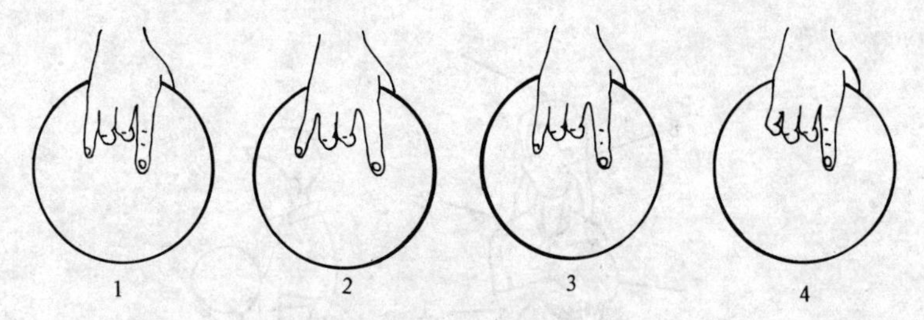

图 18　食指、小指的配合

1. 自然并拢　2. 食指，小指自然分开　3. 食指分开，小指并拢
4. 食指分开，小指弯曲作垫

投出的球从回球系统返回架子后，取球有两种方法：一种是双手从球的两侧牢牢地捧起球（手不可放入球与球之间），用非抓球手将球靠腹部托住；持球手从中指、无名指先插入指孔，之后再放入拇指，进行抓球；另一种是中指、无名指直接插入指孔后，再把球提起来，此时另一只手也要从球架外侧牢牢地支撑住球。

（三）准备姿势

右手持球，左手助握，肘部靠近腰部，手腕与前臂保持平直，球与肩轴也成一直线。右手手心向上，大拇指朝胸侧，具体各部位的要求如图 19。

球的位置：在腰部至下巴之间，并稍偏右手。

姿势：下巴收紧，下腋夹紧，背部稍弯，但腰部必须拉直，身体的中心线保持笔直。

视线：正视当成目标的瞄准点。

肩膀：自然下垂，且左右高度须保持一致。

手臂：两手臂夹紧于腋下。

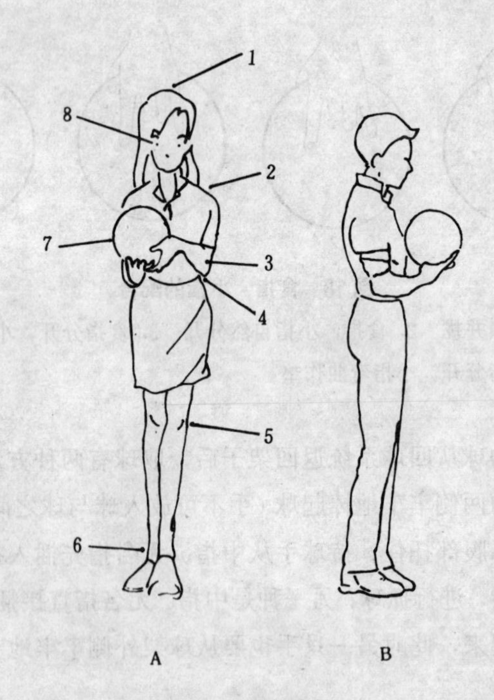

图 19　准备姿势

A. 正面　B. 侧面

1. 身体的中心线保持笔直　2. 放松肩部的力量　3. 双肘朝身体靠拢　4. 用整个腰部承受球的重量　5. 膝关节放松　6. 略伸出左脚摆出 4 步助走的姿态　7. 球置于右肩的前方　8. 视线不可离开当成目标的瞄准点

腿部：两膝稍弯曲，两脚成平行或稍呈前后并拢，轻松直立，脚尖直向板条，重心稍落至后迈出的脚。

根据持球时球的所在位置，有高抬式、腰间式和低垂式三种（图 20）。

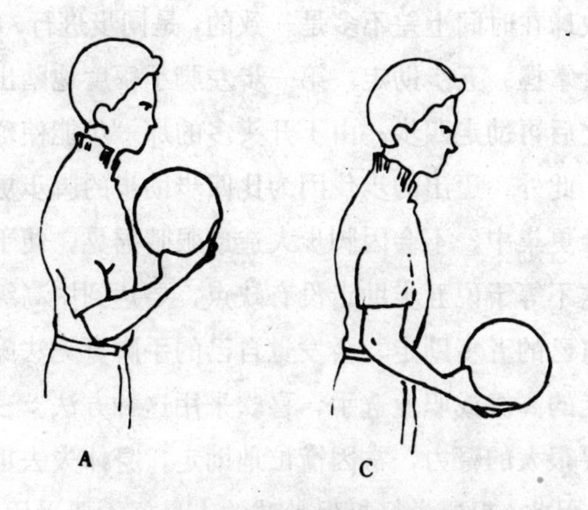

图 20　持球位置（腰间式见图 19B）

A. 高抬式持球　C. 低垂式持球

（四）确定助走距离

投球时，具体要站在什么位置作为自己的起点，这是非常讲究的。不仅要求有纵向的距离（即从犯规线至底线的距离），而且还要有横向的距离（即必须站在第几块木板数上，至于要有横向距离的原因请见后述）。

助走的纵向距离要如何确定呢？首先要看你是采用几步的助走方法，三步、四步或是五步；其次再根据个人脚步的大小习惯而决定适合自己的纵向距离站位。

采取几步助走可依据以下三个因素来决定。

①需几步助走，才能使脚步与手臂的摆动在时间上达到一致；

②需几步助走才能控制身体行进的速度，从而得到良好的球速；

③需几步助走，才能达到动作最自然、协调。

不管是三步、四步还是五步的助走，都各有特点。四步助走：由于四步的步伐与手的四个阶段——推球、向下摆动→向后摆动

→滑步和放球在时间上差不多是一致的，是同步进行，相互配合，便于初学者掌握。五步助走：第一步左脚小幅度地踏出时，手固定不动，之后再助走四步；由于开头多的那一步能使球员的心情完全放松，此外，迈出的步伐因为比四步助步的脚步更细小，注视的目标会更集中，不会因脚步大造成眼睛摇晃，便于控制球和瞄准；但这不等于说五步助走没有缺点，要达到中高级水准的初学者开始自己的五步助走，会发觉自己的手脚竟无法配合；娴熟于四步助走的高级或职业选手，喜欢采用这种方法。三步助走的特点是需要很大的臂力，常因慌忙地助走，身体失去重心，所以不易控制；因此，想要学好打保龄球的人最好不要采用这种方法，不过外国人也常采用三步助走的方式。

助走纵向距离的丈量方法：首先背对球瓶在助走道距犯规线5～7厘米处站好，若是采用四步助走方式，则顺着板条，向底线方向，用普通步伐直线行走四个自然步再加半步，看准位置，转身180°，面向球道，此处的位置就是你四步助走的起点，至于三步助走和五步助走的纵向起点确定方法与四步助走的测定方法相同，走三步或五步自然步再加半步（图21）。

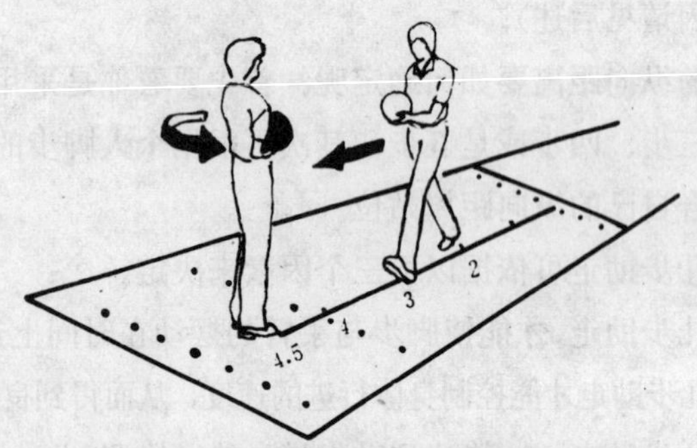

图21　四步助走法测量助走距离的纵向站位

助走的纵向距离确定后，就不能再改变了。至于是要站在助走道的左边、右边还是中间等位置，则要根据球道状况、球瓶的位置、采用哪条球路、助走的横向偏差、个人必需板数等一系列情况来决定。

横向要站在第几块板条，计算比较复杂。不过在此我们必须了解如下两点，便于计算时运用。

1. 个人必需板数

个人必需的木板数，就是指投球时，球中心线和（右手）投球者左脚内侧之间相距的木板条数，若想比较准确地把球投落在选定作为目标的某一块木板上，就应该知道自己必需的木板数。求个人必需木板数的方法是：投球者正确地把球握好，并站在起步点，左脚内侧位于第 17 块木板的边线上，经过四步助走滑步停止时，左脚内侧仍然在第 17 块木板的边线上，出手为 90°角，垂直地把球投出，看球落在哪一块木板上，如此反复练习，就能测知自己个人必需的木板数（图 22）。

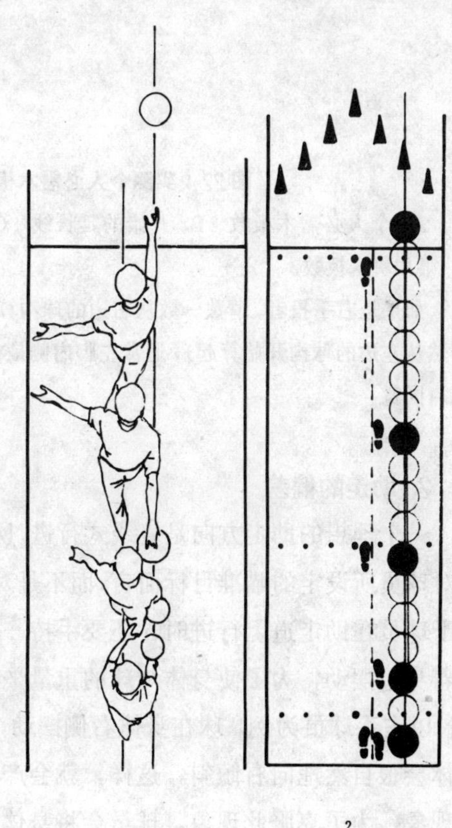

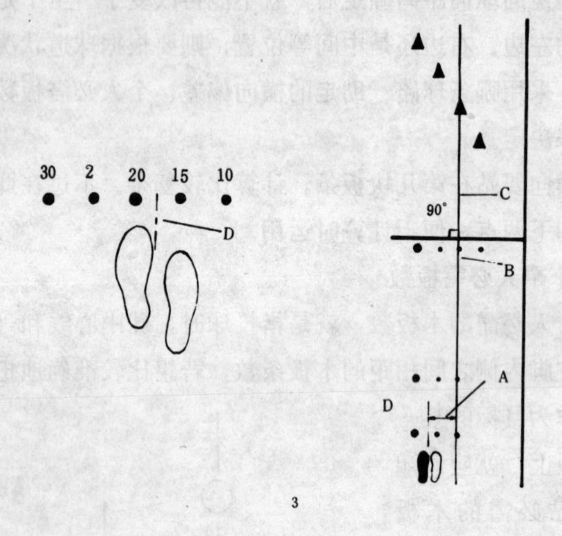

图 22　实测个人必需木板数

A. 个人必需木板数　B. 开始的延长线　C. 从第 10 块木板开始　D. 第几块木板数

如果是右手投者，请数一数从右边的球沟算来是第几块木板（左投者当然从左边的球沟开始算起），通常左脚内侧是在第 16～18 块板上，大致与肩同宽

2. 助走的偏差

一个理想的助走方向是直线式行进。所谓直线式的行进方向，是对球员所设定的瞄准目标而言，而不是对着犯规线作直线运动。由于球员在助走道上行进时，还要手持一个几磅至十几磅重的球靠着身边摆动，为了使身体与球的重量平衡，行走会做出一些调整。以右手球员为例，球在身体右侧摆动，由于球的重量的牵引，身体会很自然地向右倾斜，这样，就会产生落点不准、出球不顺的现象。为了克服此现象，球员会将身体向左推移，这两种力量

的配合是多是少或配合适宜，会决定在助走道上的行进是直线的或偏右或偏左。如助走不能做到直线行进，就会产生偏左或偏右。那么球员则必须弄清以下两点：即偏移几块板和偏移的方向。在弄清这两种情况后，再作两种调整的选择：第一，消除偏斜的助走；第二，调整站立的位置，来弥补偏斜的板数。

首先要明确偏离方向和木板数。如球员的左脚内侧线站在助走道第 17 块木板的边线上，像平常那样自然地向前行进至出球，此时的主要精力不要放在击倒木瓶的结果如何，而是注意助走滑步终止时左脚内侧线（左手球员右脚内侧线）的最后位置，如果仍在第 17 块木板边线上，说明步型没有偏离；如果左脚内侧线在第 20 块板边线上，则是向左偏斜 3 块木板，如果是在第 15 块木板边线上，说明助走是向右偏斜 2 块木板。弄清楚以后，可通过反复练习设法纠正偏离，走成直线；也可以把偏离结合到投球时所站立的位置之内加以纠正。

其次要调整站立的位置。如球员选定了第 10 块木板为落球点和球通过第 2 山形标记，个人必需木板数假定是 7 块，则他助走开始应当站在第 17 块木板的边线，如果助走和滑步时有向左偏斜 3 块木板的倾向，那么他的正确站位应在 17－3＝14，即第 14 块木板的边线上，须向右移 3 块木板。相反，如果有向右偏 2 块木板的倾向，他的正确站位应是 17＋2＝19，即第 19 块木板的边线上。须向左移 2 块木板（图 23）。不过，在此所讲的站立位置的调整是针对落球点的板数和瞄准点的板数一样的情况。若是落球点的板数和瞄准点的板数不一致，站立位置又该如何调整呢？具体在“五、全中”的调整中讲述。

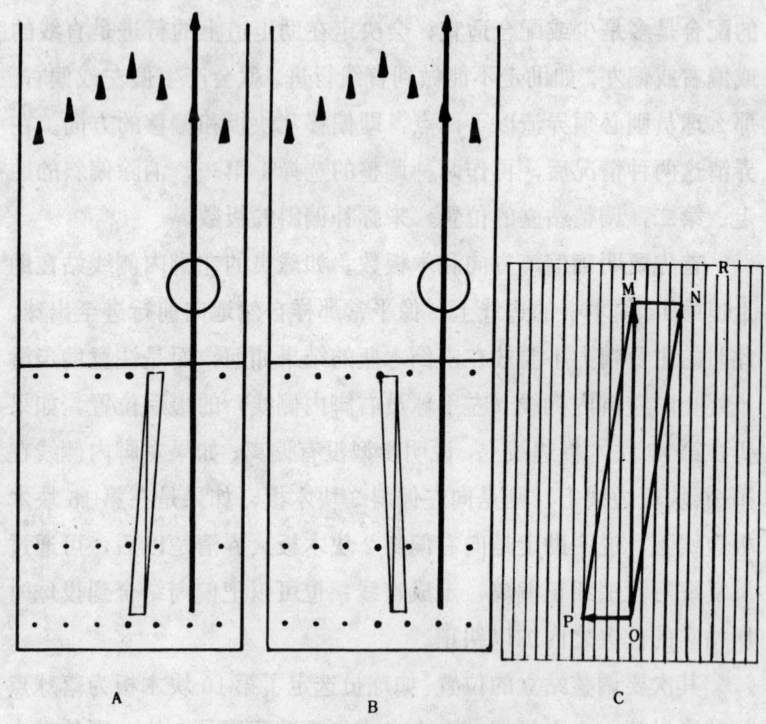

图 23　助走偏斜的调整示意图

A. 向右倾向性的调整法　B. 向左倾向性的调整法　C. 助走向右偏离的调整放大图　OM：直线助走方向　ON：助走向右偏离方向　R：落球点的木板数（个人必需木板数为 7）　MN：偏离的板数　OP：为纠正偏离的板数，须向左移动与 MN 一样的距离，才能保证球落在 R 板条上

（五）四步助走投球技术

四步助走投球技术。以右手投球为例，介绍如下。

1. 脚步动作

脚步动作见图 24。

第 1 步：准备姿势做好后，先平稳地将身体重心移到左脚，右脚向前迈出 20～30 厘米，脚跟先触地过渡到全脚掌，脚步要有轻擦地板的感觉，稍慢。

第 2 步：左脚迈出，然后脚跟开始着地，踩出稍大于第 1 步的步伐。

第 3 步：右脚速度稍快一些，踩出步幅和第 2 步一样，同样也是先后脚跟着地再过渡到全脚掌。

第 4 步：采用滑行步，左脚从脚尖先着地，同时充分弯曲左膝，重心完全落到左脚上，当左脚向前滑行到离犯规线 5～7 厘米处，脚跟落地，全脚掌着地起滞动作用，确保左脚停留在犯规线内，右脚向左后方伸出，用脚尖作支点，两脚保持前后大大张开的姿势，配合维持身体平衡。滑行步有单脚滑行步和双脚滑行步两种，前面说的是单脚滑行步，而双脚滑行步的关键在于作为支点的右脚和左脚同步滑行，它的滑行难度很大，只有在助走速度一步比一步快的情况下才能做到，这样做的目的是为了使球得到一个更大的加速度（惯性力）。职业选手较多采用这种方法。

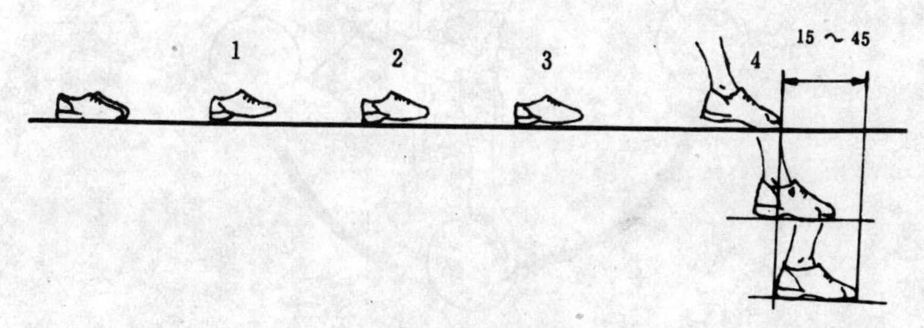

图 24　脚步动作

1、2、3. 都是从脚跟先着地，后再过渡到全脚掌　4. 滑行步先从脚尖着地，滑步约 15～45 厘米，至犯规线前 5～7 厘米时脚跟落地，形成全脚掌着地的滞动

2. 手臂动作

①推出阶段：准备姿势做好后，配合迈出的第 1 步。双手轻

轻地把球向前下方推出，至手臂伸直约 45°，感觉上就好像是把球交给前方 1 米左右的人似的。非持球手离球向外侧展出（图 25A→B 阶段）。

②向下摆动：向前推出的球，借助本身的重量自然往下坠落，右手顺当地将球摆动于身体的右侧，左手外展，在脚踏出第 2 步时球的位置正摆至在曲线的最低点（图 25B→C 阶段）。

③向后摆动：向下摆动的球，利用钟摆原理，向后方摆动至最高点，且与肩齐平，左手朝侧面大大地张开，求取平衡，配合第 3 步脚步动作，上身要慢慢地向前倾，保持平衡，重心移至右脚上，保持平衡。迈步结束时，正值球后摆至最高点与肩平高（图 25C→D 阶段）。

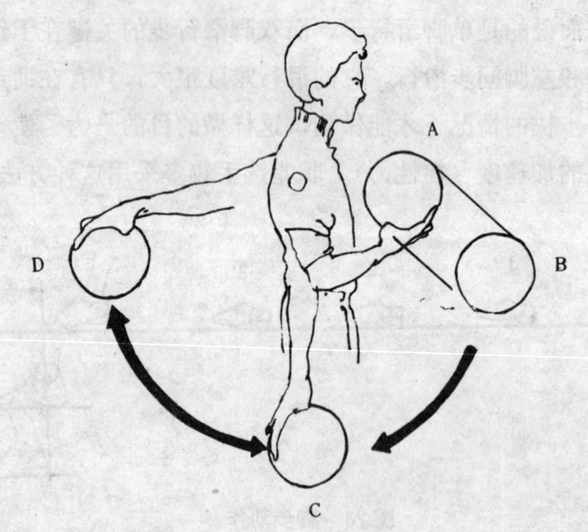

图 25　手臂的摆动

A→B：推球阶段　B→C：向下摆动阶段　C→D　向后摆动　D→C：向前摆动

④向前摆动：从向后摆动的顶点开始到向前摆动的瞬间，必

须踏出左脚，当球垂直回摆到距犯规线上约 15～20 厘米的高度时，滑步停止，顺势让球脱离手指向前滚动（图 25D→C 阶段）。

⑤放球动作：最后一步要在犯规线前 5～7 厘米的位置停止，同时利用球的重力与自然向前滑行的步伐把球顺势脱手而出，两肩必须始终与犯规线保持平行，眼直视目标，不可抬起下颚，抓球的手肘不能弯曲，不抓球的手臂要往旁边伸张，以维持平衡。

⑥随球动作：放球之后，手臂随着球的方向向前垂直上举，上身也充分伸长向前倾直，直到投出的球滚过球道上的瞄准点为止。

推球的动作与方向见图 26，四步助走投球见图 27。

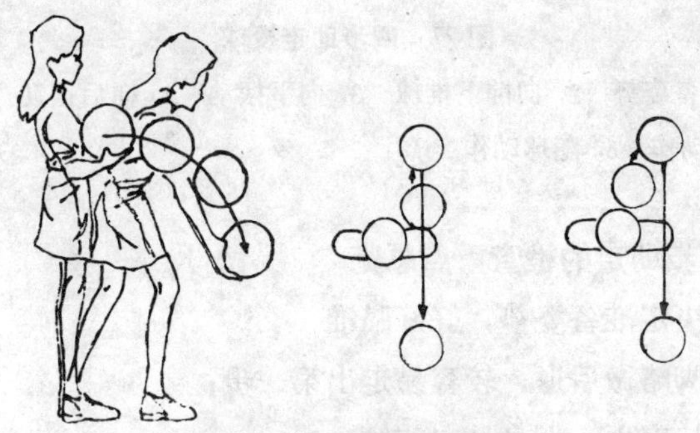

图 26　推球的动作与方向

左图为侧视，中、右图为俯视

手臂摆动的检查重点如下。

①不可改变拇指的方向。

②推球的动作并非与地面平行。

③利用球本身的力量往下降，不要加入力量地进行摆荡。

④收紧腋下，肘伸直，手腕固定。

⑤在同一轨道上摆动。

⑥向后摆荡到肩膀的高度。

⑦肩膀不要朝前后移动。

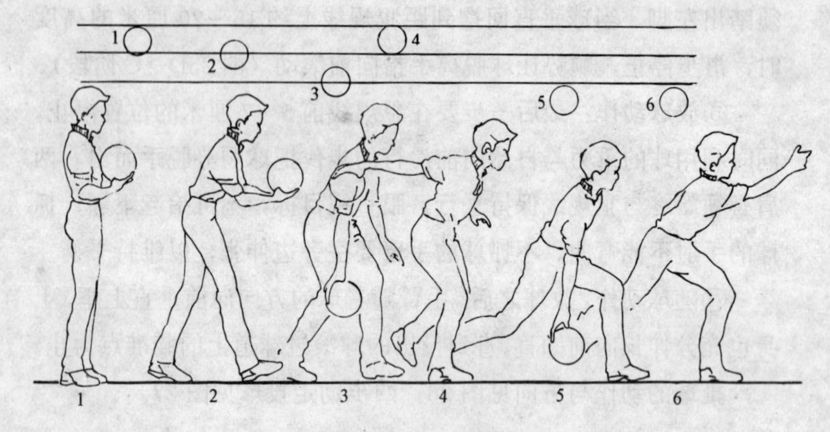

图 27 四步助走投球

1. 准备姿势 2. 向前下推球 3. 向下摆动 4. 向后摆动 5. 向前摆、放球动作 6. 随球动作

3. 四步助走的检查重点总览

(1) 决定准备姿势，好好瞄准

①右脚略微后退，较容易走出第一步；

②保持直立，上身稍向前倾；

③球的重量分摊于双手；

④球朝右胸的前方，接近摆荡线附近；

⑤注意拇指方向与手腕形状。

特别注意：精神集中！注意瞄准点。屏住呼吸，小心地踏出第一步。

(2) 踏出

①推球的大小与摆动的高度成正比；

②右脚后脚跟开始小小地踏出第 1 步；

③推球向前下方推出（即朝犯规线的方向）；

④推球距离不可太小或太大；

⑤第1步的步伐不可过大。

注意：凝视瞄准点。

（3）放下

①利用由于推球所造成的朝前下方的不平衡，是走出第2步的关键。

②由脚跟开始踏出第2步；

③步伐在第2步之后渐渐增大；

④不要利用臂力将球往下拉，不要慌张；

⑤腋下不可过度张开。

（4）向后摆荡

①而后摆荡时，左手朝侧面大大地张开，求取平衡；

②向后摆荡的高度最好同于肩膀线或头的高度；

③双肩对于地面与犯规线而言是互相平行的；

④勿转动肩膀或扭腰；

⑤上身向前倾。

注意：眼睛不可离开瞄准点。

（5）一边滑步一边手向前摆动

①第4步不是踏步，而是滑步，感觉从脚尖滑入似的；

②充分弯曲左膝，保持右脚与左脚前后大大张开的姿势；

③手脚同时到达犯规线，乃是最好的放球时机。

（6）随球动作

①能够做好随球动作，就证明能够掌握时机；

②保持原来的姿势，直到球通过目标箭头标记为止。

（六）五步助走投球技术

五步助走投球是在四步助走投球动作的基础上再加一步的助

走投球，因此和四步投球动作相比，只不过是在左脚迈出第 1 步时，手部多了一个预备动作，而从第 2 步到随球动作均与四步投球一样。

预备动作可因人而异，一般有两种：一是站在正确的位置后，把身体重心移到右脚，然后左脚适度地迈出一小步，同时右手握球，左手助握，球相对不动，因为并未真正地推球，预备动作结束，进入四步助走投球动作。二是站在正确的起点位置，身体重心移到右脚，右手握球，左手助握，双手同时把球朝前推出，当左脚向前迈出一小步时，双手同时把球拉回到原来位置，然后进入四步助走投球程序（图 28）。

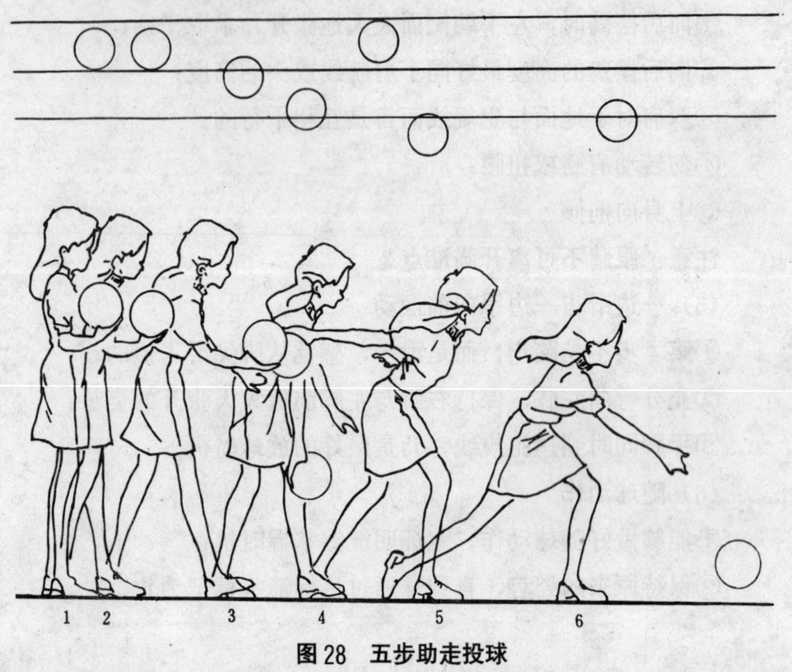

图 28　五步助走投球

1. 瞄准　2. 手几乎不动的最初一步　3. 踏出（2 步）　4. 向下摆荡（3 步）　5. 向后摆荡（4 步）　6. 向前摆荡放球（5 步）

（七）三步助走投球技术

与五步助走投球技术相反，四步投球动作的第 1、2 步所应完成的动作在三步助走投球中的第 1 步之内就应完成（图 29）。

第 1 步：先把身体重心移到右脚，双手把球朝前下方推出到手臂伸直，左手离球向外侧展开，同时迈出左脚，球落至垂直位置。

第 2 步：球垂直后摆到与肩齐高，左手继续外展，同时迈出右脚为第 2 步。

第 3 步：球回摆并过渡到向前摆，同时迈出左脚放球。

图 29　三步助走投球

1. 准备姿势　2. 推球至下摆（第 1 步）　3. 向后摆荡（第 2 步）　4. 向前摆放球（第 3 步）

（八）基本功练习

初学者在对球的性能和抓球技巧基本了解后，不要轻易就进入击瓶练习。需要耐心、认真地练好基本功，或许你对练不练基本功不在意，认为无碍大事，殊不知，保龄球运动中流行一句话叫“开头好，结束也好”。对初学者来说，基本功好像高楼大厦的基础工程一样，每一个基本动作掌握得正确与否，对以后完整技术会产生直接影响，如果一味过早地进入击瓶练习，想从抗争性中求刺激，时间一久，各种不正确的动作就会形成动力定型。错误动作一旦形成，会严重阻碍成绩的进一步提高。另外，要想改正这些已习惯了的错误动作，不仅要花很多的时间，而且改后这些错误动作还会反复出现。所以每个选手都应多花时间和精力练习基本功。只有掌握了扎实的基本功，才能进入更高一级的技术练习，更全面地领会保龄球运动的魅力所在。

1. 持球摆臂练习

右手抓球，左手助握，肘关节弯曲约 90°（此为腰间式握球，另有高抬式和低垂式握球），球与肩轴成一直线，左右手同时把球向前推出，至手臂伸直，约与地面成 45°，右手在球的重力作用下向前下方下摆，这时左手离球，外展，以协助身体平衡，右手顺势后摆，向前回摆，最后左手协助接球，回到原来准备姿势（图 30）。

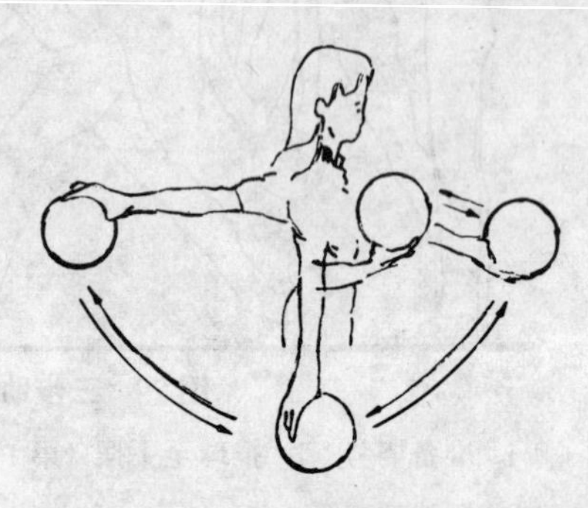

图 30　抓球摆臂练习

动作要求：自然推出，垂直下摆，再垂直后摆，后摆的最后高度与肩同高，后摆时肩部不能有被拉下的感觉，垂直回摆，手臂不要用力，自然放松，让球带动手臂摆动，整个摆动过程不要弯曲，抓球手的手腕挺直，从肩到手腕成一直线，右手大拇指指向 10 点钟（假设时钟垂直悬挂，下同）位置，中指、无名指，指向 4～5 点钟位置。

为了掌握摆动的正确感觉，可以通过另一手段进行练习和体会。即在水桶中放入六成满的水，不要洒出水来，轻轻地前后摆动看看，借此就可以了解到即使前臂不用力也能摆荡重物的诀窍。

2. 助走练习

首先要准确地丈量助走的纵向起始点，方法见前述，然后反复地练习。

（1）动作要求

右手球员以左脚内侧为准（左手球员相反），横向站立在第 17 块木板的边线上，双脚平直微微前后分开，右脚置于左脚后约 10 厘米，双腿微曲，上身微前倾约 5°，重心落在左脚上，迈出右脚为第 1 步，第 1 步要慢一点，小一点；第 2 步、第 3 步要快一点，大一点；第 4 步为滑步，要更快一点，步幅为一步半，滑步终止时，脚尖到达离犯规线 5～7 厘米处，左脚内侧仍在第 17 块木板边线上，尽量做到直线助走，横向无误差。

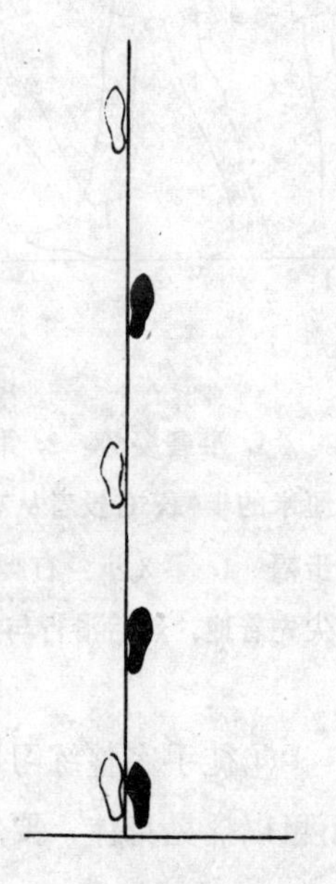

图 31　走直线练习

（2）练习步骤

①走直线的练习。画一直线进行练习（图 31）。

②只做步法的练习。手交叠在身后，就像溜冰一样，可以在

助走道上或其他适宜的地方做四步助走模仿练习。

③上下配合的分解练习。不抓球，犹如机器人般，每一个动作分开做，且在完成之后停下来检查，尤其是向下摆动时，手一定要停在右脚的侧面，确认与步伐的运动关系，然后再移到下一个动作（图 32）。

图 32　四步助走分解练习图

1. 准备姿势　2. 第 1 步：慢慢地从后脚跟开始，踩出较小的 20～30 厘米的步幅，右投者从右脚开始　3. 第 2 步：左脚从脚跟开始，踩出小的步幅　4. 第 3 步：右脚速度稍快一些，踩出步幅　5. 第 4 步：从左脚脚尖先着地，然后滑行与放球，两脚大大张开，摆出前后开脚姿势

④徒手完整练习，特别注意手脚配合的时机练习，完成动作不可以摇晃身体，要练习至姿势稳定为止（图 33）。

3. 放球练习

该练习（图 34）应该在助走道上进行，两个一组，相距一定的距离，左腿屈蹲，左臂支于腿上，承受上身的部分重量，右膝

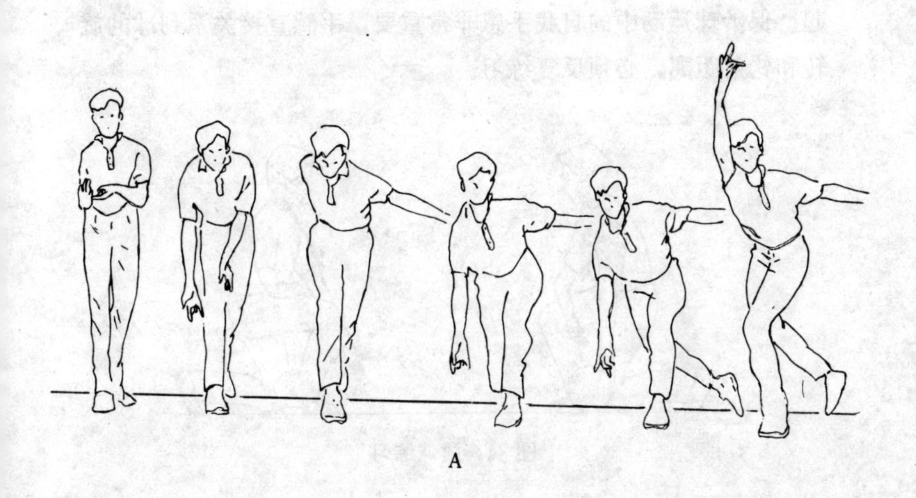

图 33　手脚配合掌握时机练习

A. 正视　B. 侧视

跪地，膝盖紧靠左脚跟内侧。右手手腕伸直，处在垂直位置握球，自然放松，不可用力，然后垂直前摆、后摆、回摆后放球。手臂手腕不做任何人为的转动，对方接球后滚回。

动作要求：放球时要有大拇指先行脱出指孔的第一感觉，球出手则是第二感觉，这就是保龄球的手感，球出手后让手自然扬起。保龄球运动中的自我手感非常重要，手感直接关系到球的旋转和钩射距离，必须反复练习。

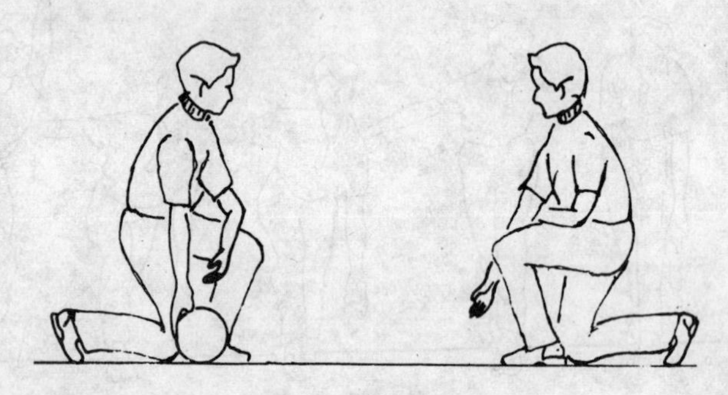

图 34　放球练习

4. 原地平衡投球练习

原地平衡投球练习见图 35。左脚内侧在第 17 块木板的边线上，脚尖距犯规线 5～7 厘米，身体前倾成屈俯状态。即脚尖、膝关节、肩三点成一直线，右脚向左后方伸出，脚尖作支点。左手向外侧展平，右手握球，手腕伸直，手臂自然放松，不要用力。大拇指在竖直悬挂时钟的 10 点钟位置，中指、无名指在 4～5 点钟位置，球处在垂直线上，眼睛盯住第 2 山形标记，球通过起动，开始垂直前摆，垂直后摆，后摆高度尽量与肩齐平。以球的惯性回摆，回摆到距球道约 15～20 厘米高度时，把球朝第 2 山形标记送出，这时大拇指自然地先行脱出球孔，中指、无名指向上钩提后脱出指孔，右手与 2 号箭头成一直线随后顺势自然扬起。

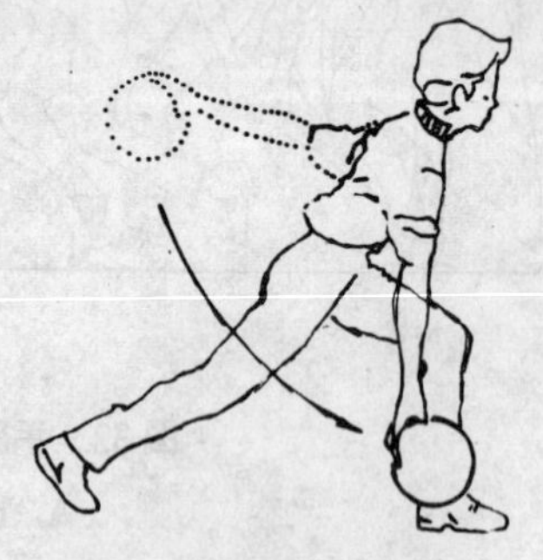

图 35　原地平衡投球练习

动作要求：练习时瓶台上不必放木瓶，以技术动作和落球点正确为目的。整个身体保持平衡，出手角度90°，球通过第2山形标记，进一步体会球的手感。

5. 滑步投球练习

这是一个综合性的练习（图36)。球员站在第三步的位置上，省略正常投球中开头的三步助走。把上面几个练习的技术动作，加上一个滑步，连贯起来一次完成。

图36 滑步投球练习

动作步骤：推球→垂直下摆→垂直后摆，在垂直后摆的同时，身体重心移至右脚；迈出左脚时脚跟不要着地，完成一个滑步；当左脚滑到离犯规线5～7厘米处时，脚跟着地刹住车，这时左脚尖与膝关节、肩成一直线，身体微微前冲，随后把身体重心移到左脚成弓箭步，右脚自然地向左后方伸出，脚尖作支点；左手向外平展，配合保持身体平衡，右手将球投出。

动作要求：尽量降低身体重心，胸要挺起，滑步时脚要走直线，只有直才能确保横向无误差，以第2山形标记为基准，出手成90°直角。球的落点要准确。

以上几个练习是保龄球的基本功，初学者必须认真苦练。练习时要排除干扰，集中思想，细心体会，才能抓住每一技术动作的要领。随着时间的推移，脑海里会逐渐形成一个十分明确的技术概念，而且也会编排出一个准确无误的“技术程序”。有了这个“技术程序”在大脑中系统指挥，全部动作就会充分地协调配合。

（九）常见错误动作及其纠正方法

①准备姿势过分紧张或松懈

纠正方法：对照准备姿势的说明和图解，由教练指导或对镜子练习，逐个部位地纠正、检查要点，图解见图19。

②向后摆动时，肘关节弯曲，以致放球时影响落球点、球前进的路线和速度，容易留下残瓶。

纠正方法：反复练习体会正确动作，以肩关节为轴，整个手臂伸直为半径，同时收紧双腋，像要摩擦体侧似的直线摆荡。

③后摆动作过大，造成容易失去重心，影响落球点的准确度。

纠正方法：在体后约一臂远、齐肩高的地方放一标志物，后摆时以不超过该标志物的高度为准，或侧对镜子练习，边观察边练习。

④后摆动作不够，会影响手臂摆荡的顺畅和球行进，易留下残瓶。

纠正方法：在身后挂一标志物齐肩高，每一次后摆时要触及，或侧对镜子练习，体会动作。

⑤指孔过大、或指孔角度不适宜，造成落在脚边的落地球，而抹煞球的威力。

⑥指孔过小，或使用太轻的球，造成朝前方放出的高震落球，由于落下的冲击而抹煞球的威力。

⑤和⑥纠正方法：请保龄球人员检查一下，看指孔的大小和指孔的倾斜角度是否适合本人的手掌结构。

⑦时机不良造成放球错误，推球时机太早或太晚，或是推球

动作太大或太小，与步法节奏不吻合而引起错误。

纠正方法：可用持球的高度来调整（图 37），如出手太迟，则

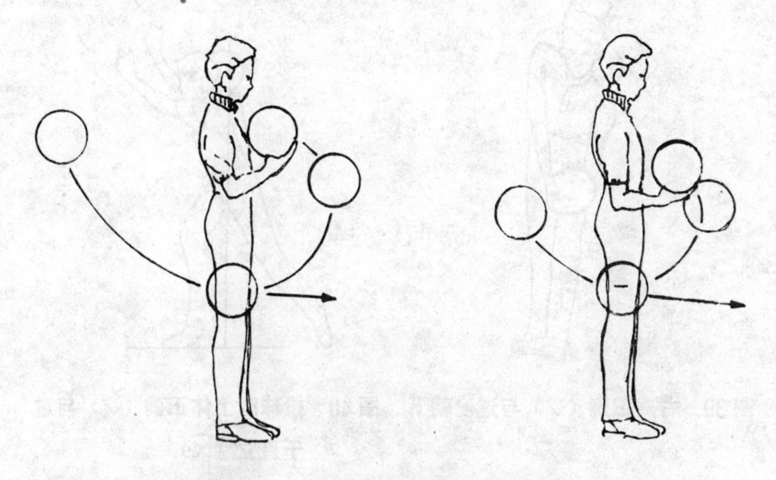

图 37　持球高度与摆荡幅度的关系

球拿得较高时，摆荡动作变得更大。反之，球放得较低时，摆荡动作变小

要把持球太高的姿势放低，缩小推球动作或放较低再进行；如出手太早，采用高抬式准备姿势，推球动作应做得更大一些，以延长到达向下摆荡为止的时间。高度的改变对于时机有很大的影响（图 38）。

图 38　高度改变对时机有很大影响

⑧姿势平衡不良：或是在准备姿势时，右肩可能过度朝下（图 39）；或是放球时，身体过于直立

（图 40），或前倾（图 41），或侧倾（图 42）。

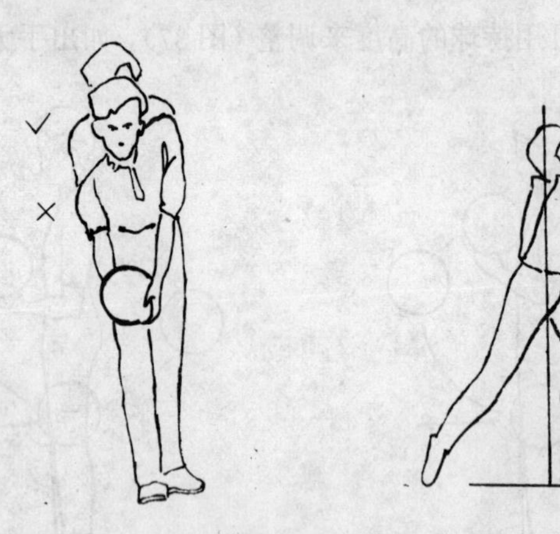

图 39　右肩正确（√）与过度朝下（×）

图 40　投球时上体正确（√）与过于直立（×）

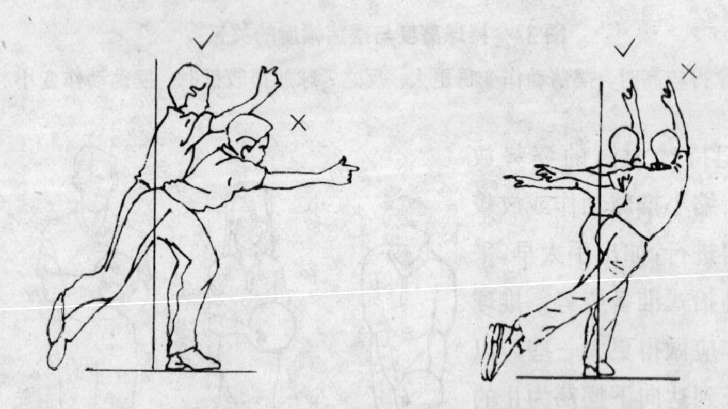

图 41　放球时，上体正确（√）与过于前倾（×）

图 42　放球时上体正确（√）与过于侧倾（×）

纠正方法：对着镜子反复练习，边观察边逐步体会正确的姿势；或请他人给予指导。

⑨放球时，过于用力。

纠正方法：要理解、体会放球动作要领。即使拼命地使用臂力，也不见得能投出有威力的球，重要的是体会手、脚的时机配合，以便顺畅地投球（图 43）。

⑩放球时手臂内摆（图 44）。

图 43　手、脚时机配合的正确放球姿势

图 44　放球时手臂内摆

纠正方法：体会自摆动起投球手走动的轨迹，不允许有变化，包括随球的动作，否则会影响球的运行路线。

⑪助走的最后无法滑步。

纠正方法：反复练习，注意助走的前几步是脚跟先着地，只在最后一步滑步时，脚尖会先着地，朝犯规线方向滑进 15～45 厘米，全掌着地。

⑫滑步时，上体过于前倾或直立，膝盖过直。

纠正方法：体会正确的技术，即重心前移，肩、膝关节和脚尖的关系。

⑬滑步结束，脚尖向内或向外偏转（图 45）。

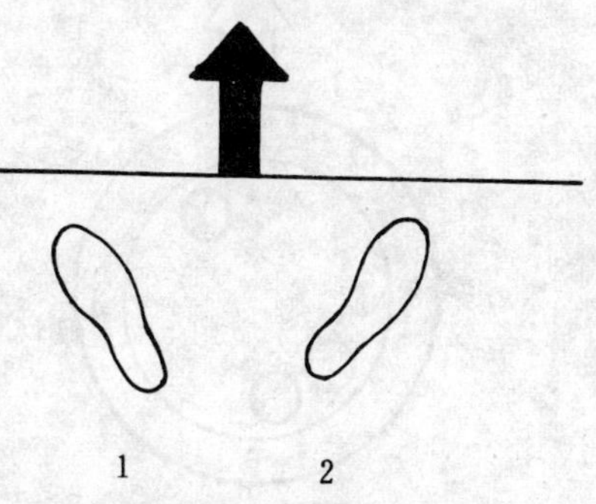

图 45　滑步结束时脚尖方向偏转

1. 脚尖内转　2. 脚尖外转

纠正方法：注意脚尖始终是直向正前方，不得有任何的偏转。

四、直、曲线球的投球方法

保龄球运动的最大魅力就在于投一球把10个木柱全部击倒。

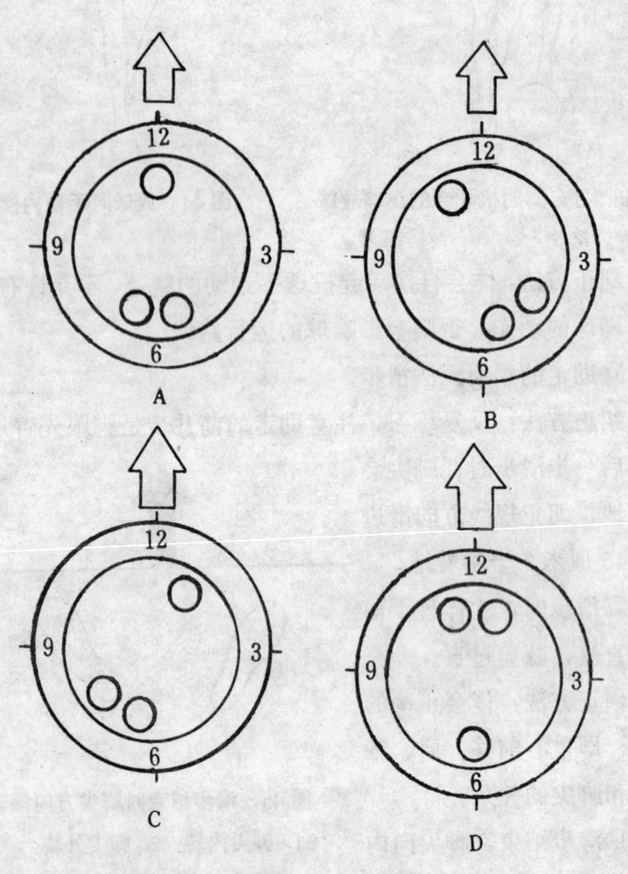

图46 几种球路在出手瞬间的位置

A. 直球 B. 曲球 C. 反手球 D. 飞碟球

因此除了前面所说的基本投球方法的几个共同阶段外，还必须具体掌握投直线球和旋转球的技法。球在球道上之所以能以直线或曲线的轨迹方式运行，向置瓶区进入，并准确地击中目标，其主要特征是在放球的瞬间，拇指、中指、无名指的方位决定着球的行进路线。

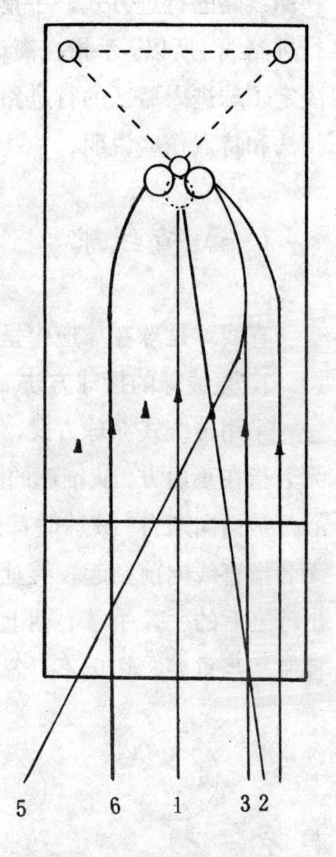

图 47 球的行进路线

1. 直线球 2. 斜线球 3. 自然曲线球 4. 短曲线球（钩球） 5. 弧线球 6. 反手球（反曲线球）

下面我们就以时钟钟点刻度的位置来说明手指的方位与球的行进路线的关系（图 46、47）。

假设“12 点”方位正对球道，“6 点”对助走道，“3 点”和“9 点”与犯规线平行，在球离手的瞬间，几种不同的球路可由手指以不同持握方式和方位的作用来产生。

直球：拇指在上，指向“12 点钟”位置；中指、无名指在下，置于“6 点钟”位置。

曲球和钩球：拇指在内侧处于“10 点”或“11 点钟”的方位，中指和无名指在外侧置于“4 至 5 点”钟的位置。

反手球：拇指偏向“12 点”右侧，和脚呈直角，处于“1 点钟”的位置；中指和无名指与地板垂直，大约在“7 至 8 点钟”的位置。

球离手的瞬间，手指向逆时针方向转动，球将会产生弧线球和曲线路的行进方式，手指顺时针方向转动，球则产生反手球的行进路线。所以，手指在离球瞬间的转向再配合其他的运球动作，决定了球进入瓶区的行进路线。现在我们就简单对这几种球路的技法和特点作些说明。

（一）直线球

直线球是球在球道中呈直线状运动的投球。

1. 直线球的投球方法

采用传统式抓球方式，面对球瓶台，拇指在正上方，中指与无名指在正后方，从推球的瞬间到后摆，向前回摆，以至放球，掌心都是面向瓶台。放球时首先把拇指抽出指孔，接着顺势以中指、无名指直线向前扬起，感觉上好像要向前回旋，最后才抽出。投出球之后的手，手掌心朝上，进入随球阶段，随球动作对直线的控制相当重要，切记不可忽略（图 48）。

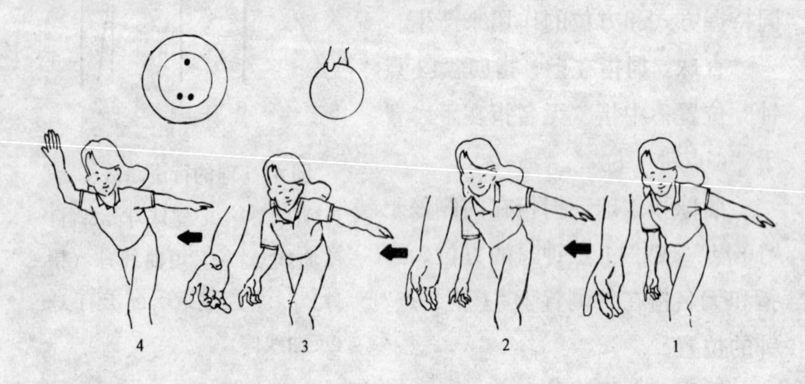

图 48　直线球投法

2. 直线球的投球要点

①注视目标，用尽全力。

②两肩与犯规线平行，两腋收紧。

③摆臂与身体成90度，手腕不可弯曲。

④用中指、无名指把球像推出地投出，手心向上。

3. 直线球的特点

①投球的动作简单，只要有正确的摆动，就可轻易投球，并且不费力气，容易控制强劲的球，最适合入门者学习。而初学者只有在掌握了直线球的投球后，方可进一步学习威力大的投球方法。

②直线球因是头部（拇指孔部分）为正面回转而沿直线方向前进，对木瓶只有直向撞击力而没有横向杀伤力，破坏力的影响范围较弱。

③这种球路一般在右正前方或斜前方投球，只要瞄错一点点，就会造成分瓶和残瓶，如不偏不倚地正击中1号瓶，这时就会出现不同类型的分瓶。或是击中3号瓶太多，击中5号瓶太薄或击不中，而留有残瓶，因为直线球不像弧线球和钩球那样有一个既大又深的“射入角”。

④直线球投球要求比其他球的投球要更准确，它对补中是一种非常有利的打法，这种打法受球道的影响可减至最低，比起弧线球、曲线球来说，将减少更多的误差，会增加二次击球的命中率。

（二）斜线球

所谓斜线球，是相对直线球而言，它与直线球的区别在于球的运行路线与球道之间有一个角度差，在理论上也是直线行进球，实际上是斜直线。为了克服直线球的不足，初学者第二步应学会投斜线球。

斜线球的投法：左脚内侧线站在第21块木板边线上（假定个人必需板数为7块），以第5引导标点（第5引导标点在第14块木板上）作为落球点，第3山形标记为基准，并与①～③瓶袋设想成一条连线，进行投球，左手球员正好相反。这样就会有一个小小的“射入角”，站在越向外侧，得到的“射入角”越大（图49）。

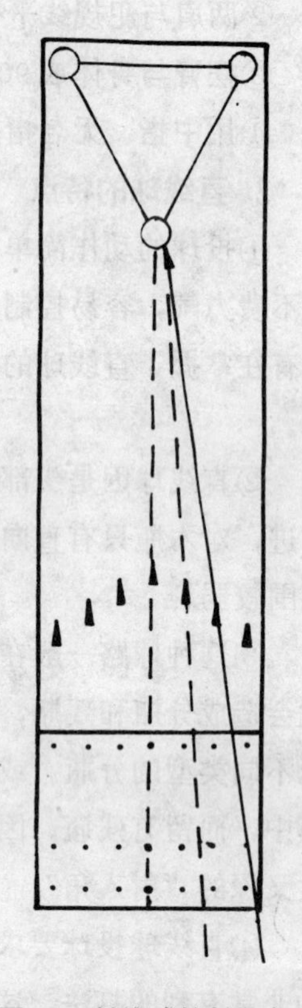

图49　斜线球的射入角

以第2山形标记为基准的斜线球，具有直线球所没有的“射入角”

投斜线球时，如果希望全中，则应注意以下三点。

①在助走道的横向范围内，尽可能在外侧和最外侧处投球，以便增大射入角。

②尽量增加球速，使球击中①号瓶后深入瓶袋，有机会撞击⑤号瓶。

③击瓶袋的部位应稍高，这样就不会偏离③号瓶太多，而且从瓶袋稍高处入袋的球能保持贯穿瓶袋的正确路线。斜线球投得好的球员，一般有50％全中的机会。

斜线球与直线球相比，虽说“射入角”大，对木瓶的破坏力也较大，“魔三角”的连锁反应也较彻底。但不管怎样，直、斜线球“射入角”均不够大，而且球容易产生偏离，再加上球不会旋转，对木瓶只有直向撞击力而没有横向杀伤力，进入瓶袋以后缺少作用力等不足之处无法克服，而曲线球的发明，恰恰弥补了直、斜线球的不足。

（三）曲线球

曲线球的最大特点是能在球道有限的范围内，增大了“射入角”（图 50），同时由于出球瞬间手指的动作。能使球产生旋转，在旋转中产生横向力量，这样就大大增强了击瓶的威力。既然曲线球有这么大的作用效果，那它是如何形成呢？首先，球必须有符合国际保联要求的不平衡重量；其次，球员应掌握正确的投球技术动作和技巧；最后，球道表面须经过适当的处理，只有具备了上述三个条件，才能投出威力无比的曲线球。

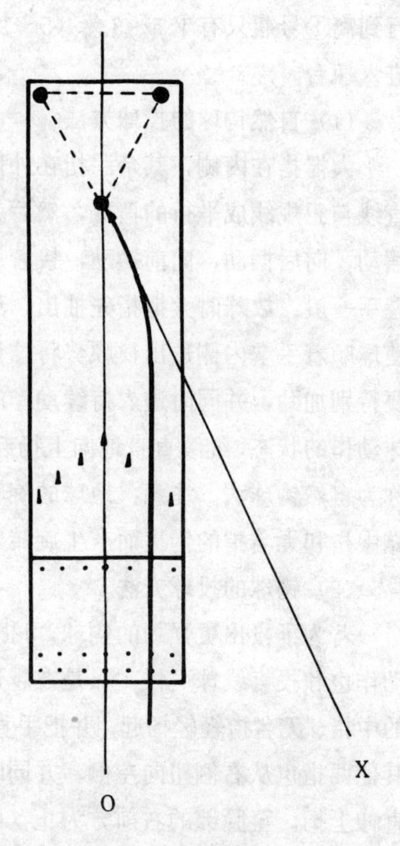

图 50　曲线球的射入角

以第 2 山形标记为基准的曲线球球路，如果从球路的末端沿“射入角”的反方向作 延长线，则①号瓶和 X 点的连线与①号瓶和 0 点的连线构成的夹角很大，即使是最理想的斜线球也难以在本球道内投出这样大的“射入角”。

曲线球可分自然曲线球、短曲线球（钩球）、大曲线球（弧线球）、反曲线球（反手球）和陀螺式旋转球（飞碟球）。

1. 钩球

钩球也称短曲线球。

自然钩球和钩球的行进

路线都是先以直线行进的方式滚至转向点，再突然转向，以锐利的角度进入击瓶点。只是自然曲线球是行进至距瓶台 3～4.6 米（10～15 英尺）处时才旋转拐弯成钩形。钩球和它不同，当直线运行到离①号瓶只有 1.5～3 米（5～10 英尺）处时才急转弯成钩形进入瓶台。

（1）自然钩球的投球方法

大拇指在内侧，其余手指在外侧，即大拇指与中指所连接的直线与犯规线成平行的情况，然后就保持该状态进行推球，向下摆动，向后摆动，向前摆动，接着放球，放球后瞬间也好像是要握手一般。放球时大拇指先抽出，然后中指、无名指保持稳定并使球顺着手掌内侧送出，顺势将球钩起，中指、无名指的指尖不要特别加劲，并同时进入持续动作的阶段，而持续动作仍照着放球动作的状态，继续直直地向上扬起，这就是最基本的钩球法，又称为自然钩球法。注意：地球的旋转力不是靠手腕的力量，而是靠中指和无名指的钩提而产生旋转力。

（2）钩球的投球方法

若为了投出更强劲的钩球，可把抓球法改成投直线球的方式，动作也和投直线球一样，只是在越过犯规线的瞬间，将球右下部的中指、无名指轻轻扬起，并把手直伸出，拇指顺势抽出指孔时，其他两指也从右侧扭向左侧，并同时进入持续动作阶段，手臂仍直伸上扬，至脸部的右前方为止（图 51、图 52、图 53）。

（3）钩球的投球要点

①助走要慢，手腕不可弯曲。

②大拇指朝身体内侧。

③放球瞬问拇指与食指形成倒 V 字形，像要与人握手一般。

④放球后抓球手手腕伸直与犯规线成直角，左手伸展，保持身体平衡。

（4）钩球的特点

①开始是直线行进的路线，滚到瓶区附近时，转而向左弯曲的路线。

②在向前滚动的直线方向中，加上横方向的旋转力，而产生更强劲的瓶冲撞力，造成瓶斜倒或横倒的撞击结果。

③射入角大，再加上有横向的旋转力，比直线球撞击的效果大，所以打全中的机率相当大。

④对纵、横回转的平衡较难控制，也就是说，球的转向不能太早或太迟，必须是发生在击瓶点前 5.22 米（15 英尺）左右，否则将无法获得理想的击瓶角度。

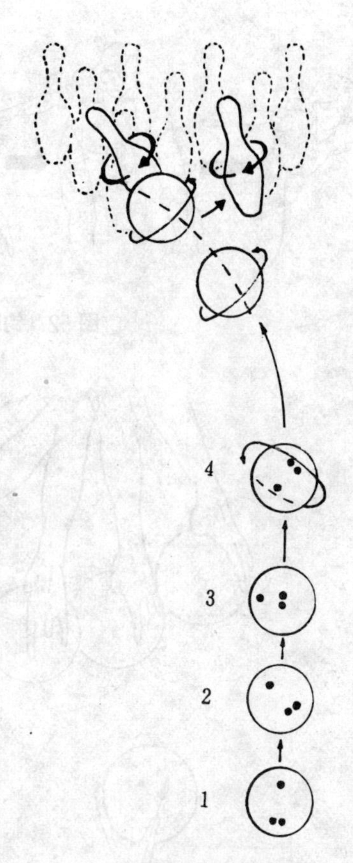

图 51　钩球的破坏力

1. 放球（直前）　2. 放球　3. 放球（直后）　4. 放球后

因在直进的纵回转会有横回转，所以对瓶子的冲击力很强

（5）自然钩球与钩球的不同之处（图 54）

①球员持球的手腕形式。自然钩球手腕是挺直持球，而钩球手腕向里侧弯曲持球。

②球出手时手指的精确位置、采用的角度线、球速等很大程度上决定形成钩形的时间、大小和程度。

③自然钩球是距①号瓶 3～4.6 米处转变成钩形，钩球是在①号瓶前 1.5～3 米处急转成钩形，进入①～③瓶袋（图 54）。

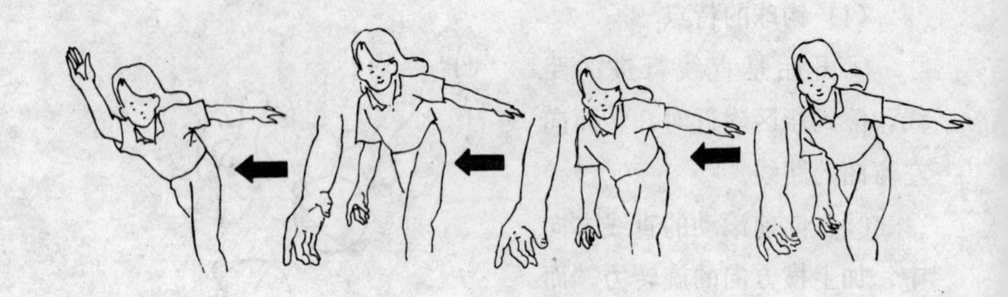

图 52　钩球的投法

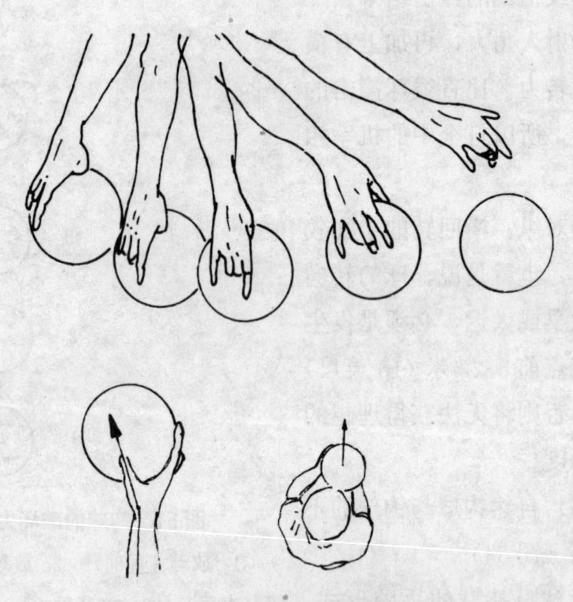

图 53　钩球技术侧、俯面观

2. 弧线球

放球后球突然翻滚画出一个弧度，爽快地把球瓶击倒，这就是令人叹为观止的弧线球。弧线球走的弧线比钩球更大，途中横向跨越好几块木板。

（1）弧线球的投球方法：用满指节抓球法来投球，大拇指朝

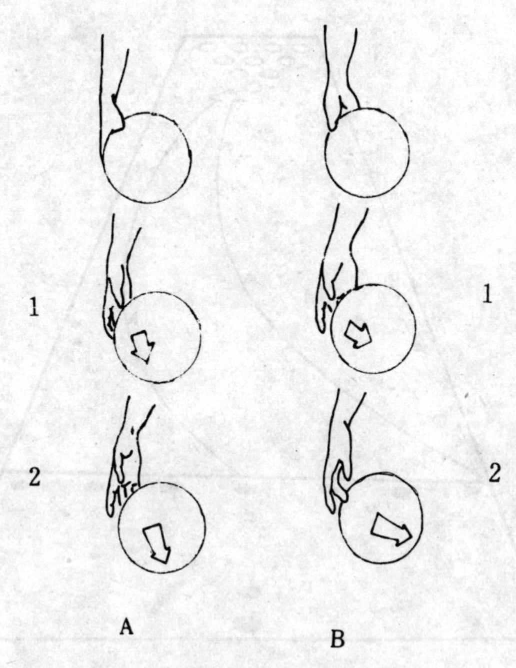

图 54　自然钩球与强制钩球的对比

A. 自然钩球　1. 松开拇指　2. 利用中指、无名指将球往前推出

B. 强制钩球　1. 松开拇指　2. 利用中指、无名指好像由下往上捞起似的状态

身体内并与脚之间大约成直角，中指与无名指和地板垂直，放球时，球对着目标，在抽出拇指的瞬间，手腕向“10 点钟或 9 点钟”方向转动，同时用力拔出中指和无名指，球向目标送出，投球后右手随之往身体左侧移动。特别注意，投弧线球时，必须赋予球极大的横向旋转力，所以使用中指和无名指指尖时，要比打钩球时所花的力气大（图 55、图 56、图 57、图 58）。

（2）弧线球的投球要点

①满指节抓球法。

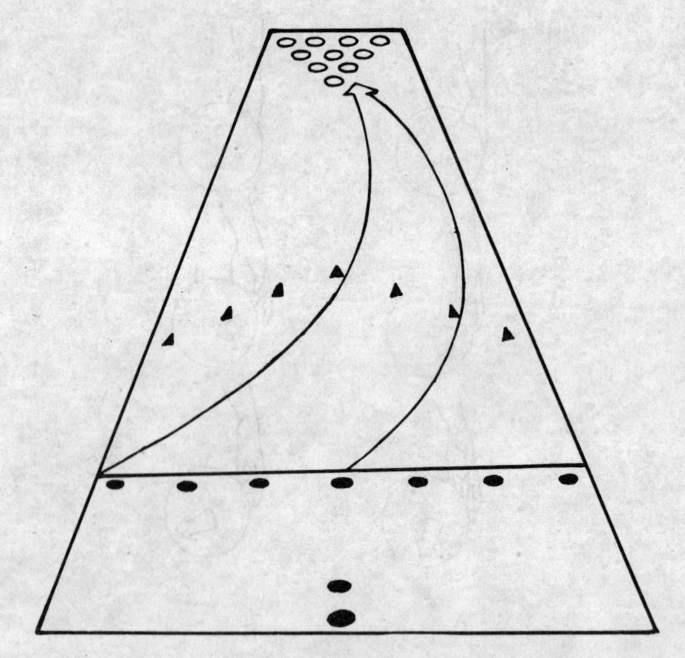

图 55　弧线球的区域

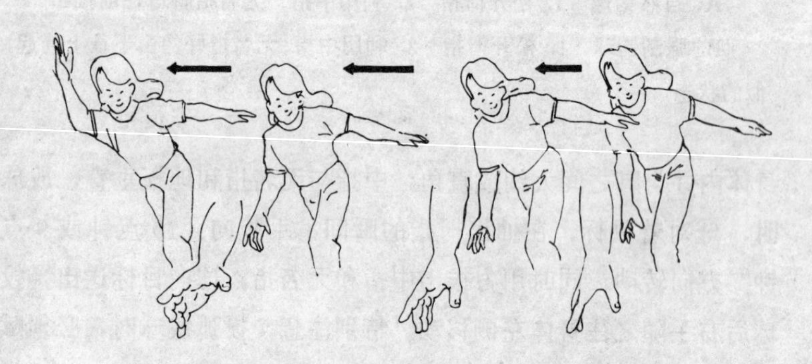

图 56　弧线球的投法

②大拇指与脚成直角，中指及无名指与地面垂直。

③放球的瞬间，中指、无名指由指孔似要钩起地拔出，手腕

不可弯曲，腰部要低。

④大拇指朝身体内侧，随球动作。

（3）弧线球的特点

①从球脱手落地之后，便开始大弧度的弯曲球路。

②大幅度的转弯，极难控制。

③中指、无名指所用的力量比打钩球时要大。

④旋转力很强，对球瓶的冲击力很强，必须有相当强劲的腕力，才能确实掌握球的握力。

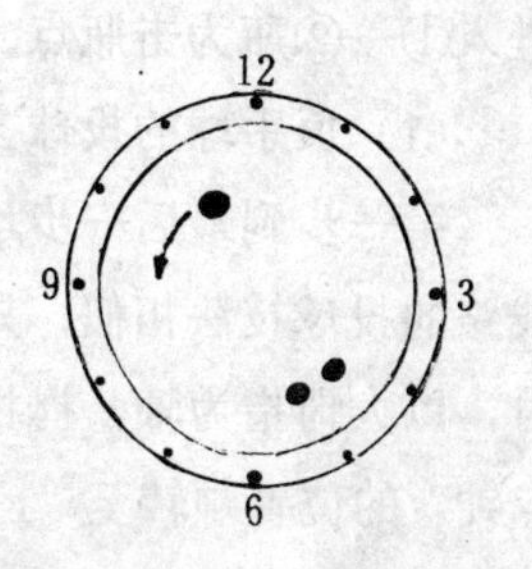

图 57　曲球出手瞬间的手指位置

大拇指由 11 点往 9 点方向移动，让它回转的感觉来投出

（4）弧线球与钩球不同点

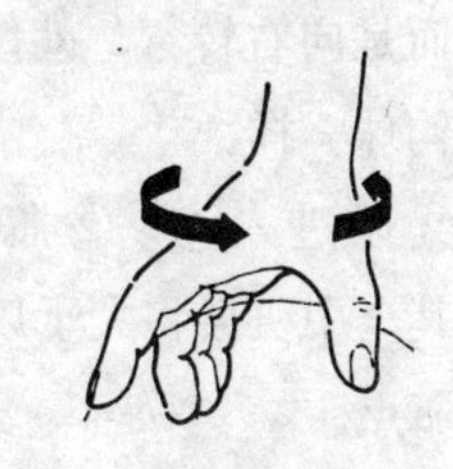
图 58　手腕不可过度回转

弧线球与钩球对比，弧线球的滚进较慢，而且是以逐渐弯曲的弧球进入击瓶点的，在行进的过程中，球在球道上横越过的板数较钩球多，钩球则是从犯规线到转向点之间，采用较直的行进方向，待到达转向点后，拐弯进入击瓶点。弧线球和钩球一样，也是一种非常有效的打法，球员可获得理想的击瓶角度，即射入角。但由于弧线球是逐渐转向进入击瓶点的，而且横越木板数太多，所以其行进的路线很难保持一致，尤其是在球道状态不太好的情况下，就更加难以驾驭。所以，即便是保龄球高手，也很少投弧线球。

3. 反手球

反手球也称歪球或反曲线球。

用右手投球，当球接近瓶区时，不是向左转向，反而向右转，球的行进路线和击瓶角度犹如左手球员投弧线球或钩球一样，以进入①—②瓶为击瓶点。

(1) 反手球的投球方法

第一步到最后一步均与其他球线路的投球技法相似，只是在放球时，以大拇指为轴，拇指孔从“10点钟”的位置顺转至“1点钟”，手腕、中指和无名指跟随做顺时针转动，将左半球提起，放球后手掌朝外，使球在前进时旋转（图59）。

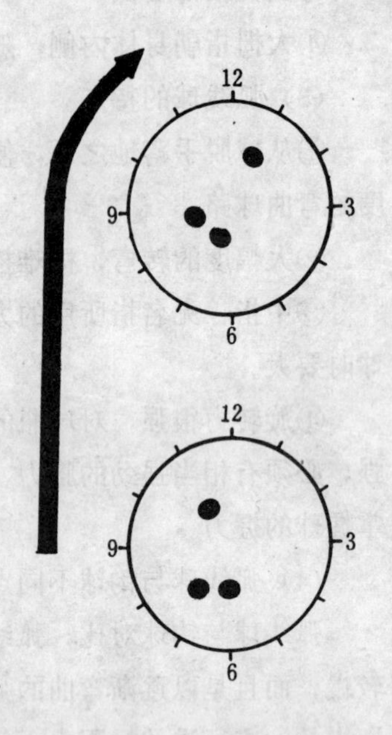

图59 反手球

(2) 反手球的特点

①右手投出的球，不是向左转弯，而是向右转弯，就像左手球员投的钩球一样。

②以进入①—②瓶袋为击瓶点，其全中机会将大于以①—③瓶为击瓶点。

③对于补中而言，钩球容易击中的瓶反手球则稍显困难，如⑦号瓶，反之，钩球较困难的，反手球则容易，如⑩号瓶。

④较适合女性球员的球路。

(四) 飞碟球

飞碟球俗称UFO，是一种陀螺式旋转球，它最早是由我国台湾省运动员创造的一种投球新技法，并且在世界大赛中经受了考验，因飞碟球很适合东方人的体型及体能，而且球由于旋转强劲具有强大的破坏力，全中的机率优于其他球路，所以在世界上占有一席之地。

1. 飞碟球的投球方法

采用传统的抓球法，持球时，大拇指指向“2 点钟”的位置，中指、无名指指向“7 至 8 点钟”的位置，保持该状态进行推球，先垂直下摆，后垂直后摆，只是在垂直前摆至最低点时，手腕和手臂同时作逆时针方向转动，转至手臂向上，手心向下，以大拇指为轴向下压，同时向前送球，中指、无名指顺势放球，放球瞬间，中指、无名指指孔在“12 点钟”附近，大拇指则在“6 点钟”的位置（图 60）。

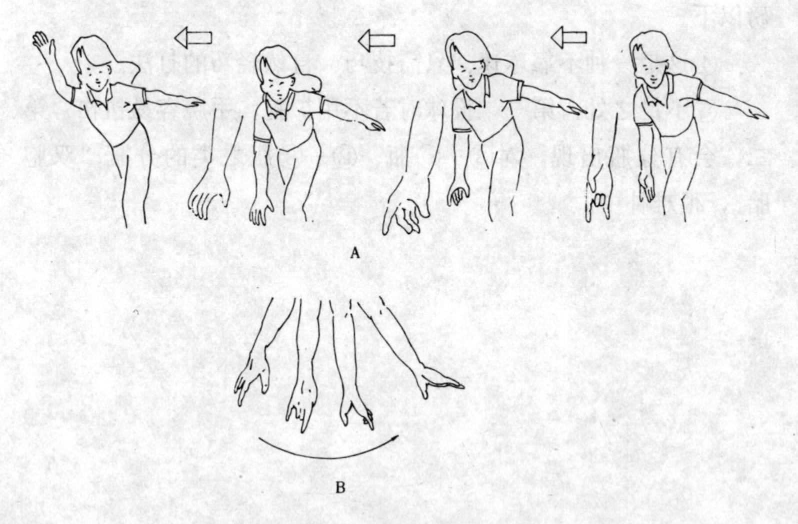

图 60 飞碟球投球方法

A. 正视 B. 侧视

2. 飞碟球的投球要点

①投球时，助走要慢，手腕不可弯曲。

②大拇指指向“2 点钟”的位置，手臂在摆动时要伸直。

③放球瞬间，手掌心向下，手背向上，以大拇指为中轴，中指、无名指转 180°，至中指、无名指朝前，拇指在后。

④随球动作，手腕伸直摆动，并将手拉高。

3. 飞碟球的特点

①采用传统式的抓球法，球的前、后、左、右不要有重量误差，上、下则以上部重为主。

②不易受球道特性的影响。投球时，由于技术和技巧上的独特，球的横向旋转速度极高，像“飞碟”一般，对木瓶的杀伤力比传统投法强得多，全中的机率极高。

③需选用重量较轻的球。男性大致在10～11.5磅，女性在10磅以下。

④这是一种不靠球速、只需技巧、自然轻巧的打法。

⑤不足之处：第一，投球时若不用护腕，手腕容易扭伤；第二，会有分瓶出现，对③—⑨瓶、②—⑧瓶之类的分瓶“双胞胎”，很难补中。

五、全中

在前面“二、场地与设备”中我们已简要介绍过球道，为了获得高分，在叙述过投球基本方法和直、曲线球的投球方法的基础上，有必要进一步了解球道。在保龄球运动中，球道对球员获得高分有着极其重要的作用。球员必须确切地掌握球道的特性，观察与研究球和球道相互作用的各种因素，以便投球时，能根据球道的不同特性，选择不同的行进路线，及时准确作出调整，才能争取全中的可能。球道的分类大致有如下几种。

（1）按表面材料结构分：若按表面材料结构分，球道可分为喷涂型和装饰型两种。喷涂型为木质底层，表面涂有纤维胶或腊克，这种表面材料较容易吸收油。而装饰型也是木质底层，表面贴有一层尤录丁纤维板，这种材料比较不易吸收油。

（2）按处理加油后的表面情况分：若按处理加油后的表面情况区分，球道可分为如下三种。

①第一种是A型，上油的区域为从犯规线起到10.44～13.92米（30～40英尺）远的范围内，球道整个横面油量分布均匀；靠近犯规线的一半区域即5.22～6.96米（15～20英尺）区为重油区，油上得比较厚；另外一半为轻油区，油上得比较薄；再往后到置瓶区的球道为无油区。在这种球道上打球，能如实地反映出球员的实际水平。如果球员使用正确的球，选择合适的角度，技术好的得高分，技术差的得低分。所以说这种球道具有实事求是的得分能力，对任何一个球员都是公正的。

②第二种是B型，其上油的距离和A型一样，也是10.44～

13.92 米（30～40 英尺），只是在球道前 5.22～6.96 米（15～20 英尺）区域内的中间部分重油，两侧干燥或上油极少。在这种球道上使球滚向瓶袋的同一条路线可以持久不变，稍微调整就能得高分。

③第三种是 C 型，这类球道也叫“混合渐薄型”。球道前面 5.22～6.96 米（15～20 英尺）中央有油峰，向两侧逐渐减少，上油距离和 A、B 型相同。在这种球道上，选手投球时能得到很好的“球反应”，有一定技巧者得高分的可能性非常大。

上面说的是球道处理的三种基本类型。在这三种类型中，加油的距离还有可能有长有短。短的仅 5.22 米（15 英尺），长的可达 13.92 米（40 英尺）以上，加油的量有多有少、有宽有窄、有厚有薄。根据上油的距离及油量的多寡，决定了球道的速度。

（3）按球道的速度分：若按球道的速度可分为快速道、中速道和慢速道。

①快速道：指的是球道表面贴有装饰板（如塑胶尤录丁人造合成材料）、上油很多、有一定的硬性和摩擦系数小等特点的球道，以同样的方式投球，球在这种球道上速度显得很快，难以形成曲线，从而造成球不到位，不能准确地进入①—③瓶袋；即以①—③瓶袋为目标试投；球却朝向③—⑥瓶袋；左投的人以①—②瓶袋为目标试投，球却朝向②—④瓶袋行进（图 61）。

②中速道：指的是硬度略低于快速道、按技术要求上油、有良好的球道特性、如凭技术和技巧投球就能取得好成绩的球道，这种球道又叫公正球道或标准球道，即朝①—③瓶袋(左投人是①—②瓶袋）试投，球能顺着目标而去（图 62）。

③慢速道：有软的感觉、上油矩离短、油量少而薄、球路容易出现大曲线的球道。在这种球道上，正常投球会出现超位，即右投的人朝①—③瓶之间投出，球却朝①—②瓶方向去（图 63）。

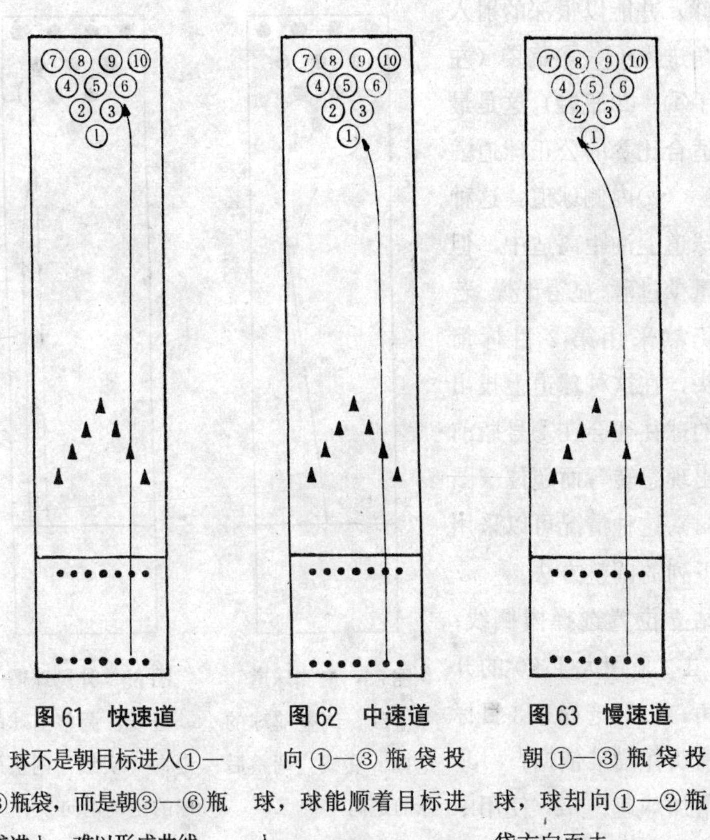

图 61 快速道

球不是朝目标进入①—③瓶袋，而是朝③—⑥瓶袋进入，难以形成曲线

图 62 中速道

向①—③瓶袋投球，球能顺着目标进入

图 63 慢速道

朝①—③瓶袋投球，球却向①—②瓶袋方向而去

（4）按角度线分：在快、中、慢速道中，若按角度线（落球点与瞄准目标的连接线）投法而论，又可分为：中性球道、内侧球道、外侧球道、曲线球道和非曲线球道五种。区分这五种球道，选手除了对球道进行看、摸、试之外，还必须对球道特性的决定因素有全面的了解和掌握，再根据经验作出正确的判断。

①中性球道：一切条件适中、按技术规定有相对统一的标准、处理上油符合要求的球道叫中性球道。凡掌握一定技术和技巧的球员，在这种中性球道上容易投出自然曲线球和短曲线球（钩

球）并能以很深的射入角进入①—③瓶袋（左手①—②瓶袋），这是最适合比赛的公正球道。

②内侧球道：这种球道上油距离适中，但量少过薄，显得干燥。若仍然采用第 2 目标箭头，在这种球道上投出的球往往会在①号瓶前出现急转弯而超位（图64）。这种情况可以采用下列的调整方法。a. 站立位置选择内侧线；b. 采用大于 90°的开角；c. 选择第 3 目标箭头作瞄准依据；d. 增加球速；e. 使用中性偏硬的球。

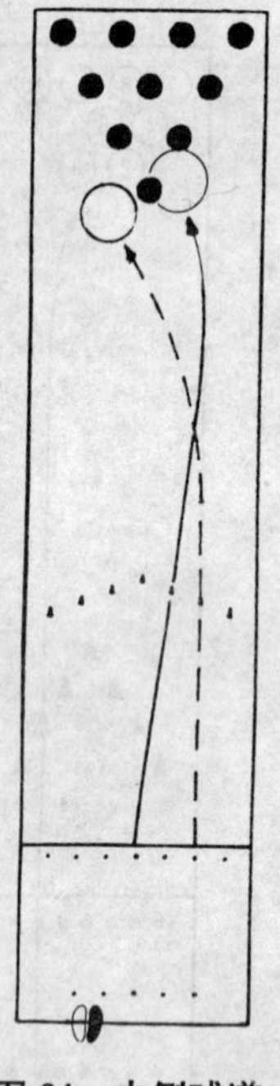

图 64　内侧球道

虚线：调整前球的走向　实线：调整后球的走向

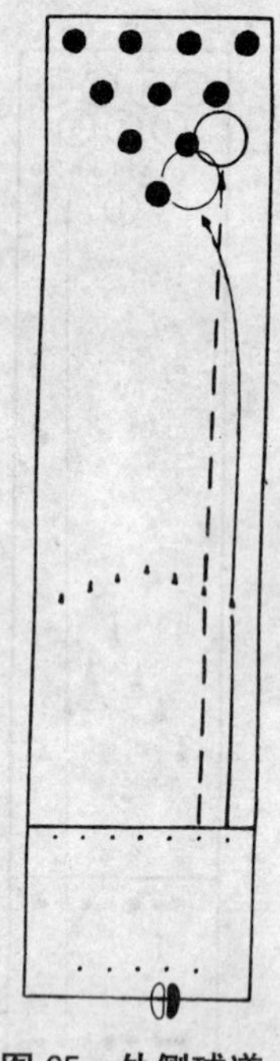

图 65　外侧球道

虚线：调整前球的走向　实线：调整后球的正确走向

③外侧球道：这种球道上油距离稍长，油过厚，在上面正常投球难以形成曲线（旋转、拐弯极差），球往往从③号瓶旁直滚而过，无法进入瓶袋（图 65）。对这种球道应采取下列调整方法：a. 放慢球速；b. 在球道中间稍偏右处投球；c. 向右边移位，增大射入角；d. 选择中性偏软的球。

④曲线球道：这种球道没有打磨和清洗干净，尘埃过多，油凝固有粘厚之感。在上面投球，球路很容易走成大曲线。碰到这种球道时应作下列调整：a. 加快球道速；b. 选用硬性球；c. 采用

更大的开角（图 66）；d. 站立在助走道的左边（侧转身体），以第 4 目标箭头为基准进行投球。

⑤非曲线球道：这类球道一般是硬性的快速道，上油距离长，量多，看上去亮光光，在上面正常投球，球速很快，球路难以形成曲线，球达到瓶袋缺乏旋转性杀伤力，稍不注意容易出现分瓶，对此可作如下调整：a. 选用软性球；b. 放球要慢，降低球速；c. 增大射入角（图 67）；d. 选择球道中间偏右处作为落球点。

从上可看出，球道有无穷的变化，也可以说“球道是活的”。如果一位球员不能对球道特性有所了解。并在尽可能短的时间内迅速地熟悉所在场地球道的特性，并适应之，那么要想成为好选手是不可能的。可通过三个方面尽快熟悉球道：首先“看”：仔细察看走道是否清洁，试走一下了解滑步是否顺利，看看球道的保养情况，判断一下各条球道的使用率和新旧程度，观察加油距离的长短、厚薄、宽窄，看球道上有无其他异常现象，如球道木板是否有高低，是否有裂缝，拼接处是否对准，球道表面有无凹坑等等，它们都对投球不

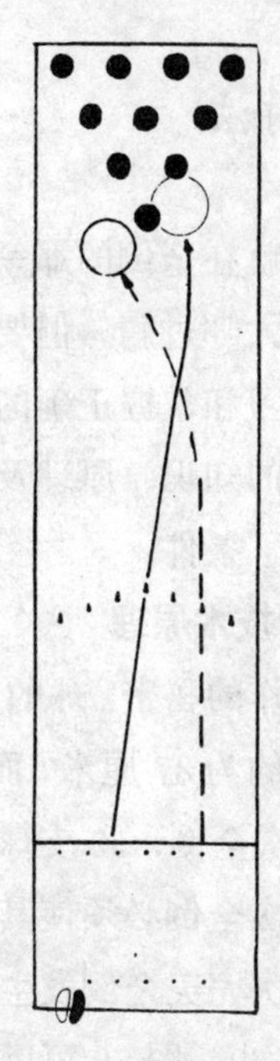

图 66　曲线球道

虚线：调整前的走向
实线：调整后的正确路线

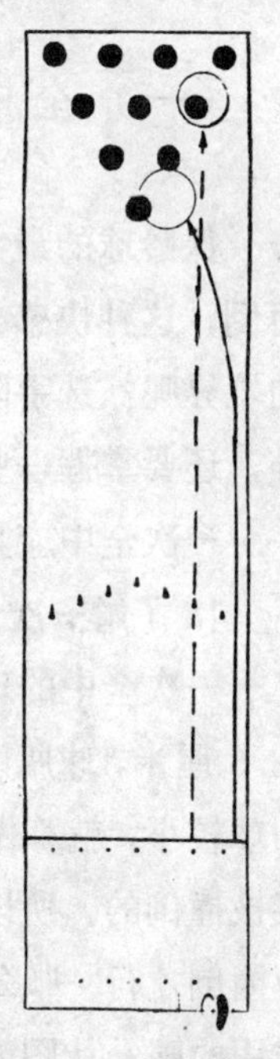

图 67　非曲线球道

虚线：未调整时的走向　实线：调整后的正确路线

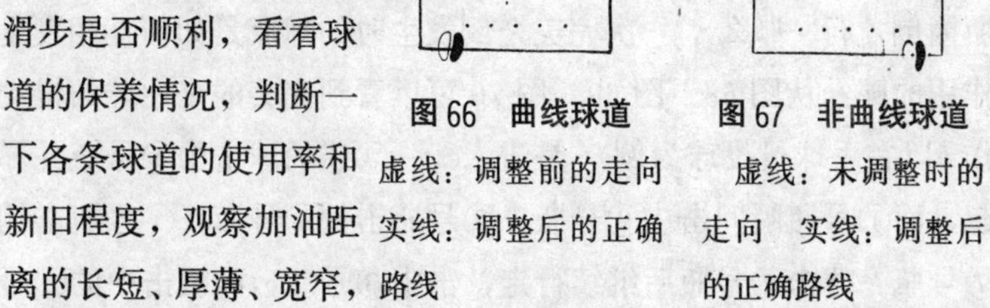

利。其次“摸”：用手指接触球道表面，摸摸油量的多少，是否干净，有无粘性，无油区是否确实干净无油。最后“试”：抓住赛前的练习，在相邻一对球道上各投两个球或练习几分钟，第一球应以⑦号瓶或⑩号瓶为目标，第二球右手球员以①—③瓶袋、左手球员以①—②瓶袋为目标，通过试球，迅速地找出最佳角度线或作必要的调整。只要细心，认真，注意观察，球道会告诉你如何在它上面投出好球。

（一）全中的打法

保龄球的最大魅力就在全倒的那一瞬间，10 支球瓶通通应声而倒，这种快感会令人大呼过瘾。但要如何才能体会到令人向往的境界呢？选手除了学习和掌握正确的投球动作和全面了解球道外，还要掌握一些有关的知识、原理及其运用。

一次全中应具备如下条件。

1. 了解一次全中的技术原理

一次全中的球瓶动作的秘密：球的直径只有 21.8 厘米，周长 68.5 厘米，球瓶区深度约为 87 厘米，而且是呈倒三角形排列。因为球较小，就算做到一次全倒，10 支球瓶其实只有 4 支球瓶是直接被撞倒的。所以，一次全倒必须使其他球瓶能被直接倒下的球瓶撞倒才行。那么，一次完美全倒发生时的球瓶是如何互相发生作用的呢？从图 68、图 69、图 70 可以看到完美的全中球的慢动作（以右手球员投球为例），是进入①—③袋的球击中①号瓶并弹起，而①号瓶瞬间击中②号瓶，②号瓶击倒④号瓶，④号瓶击倒⑦号瓶。球击①号瓶后继续行走，击中③号瓶，而被击中的③号瓶倒下撞击⑥号瓶，⑥号瓶又推倒⑩号瓶，而进入球区的球依次击倒①号瓶和③号瓶后，又将⑤号瓶和⑨号瓶直接推倒，倒下的

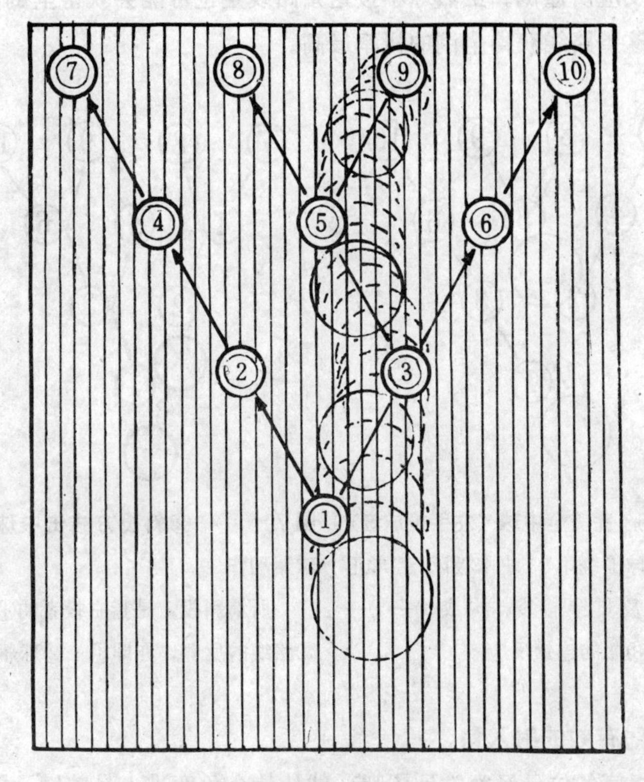

图 68　完美全中球（右手投球者）

当球到达 $18\frac{1}{2}$ 块木板进入瓶袋，击中①号瓶，厚度约为 3/5，球受阻偏向③号瓶，并继续深入，围绕第 17 块木板，以“S”形正确偏离贯穿瓶袋，构成①—③—⑤—⑨瓶的连锁反应

⑤号瓶又去撞击⑧号瓶（左手球员则是进①—②袋，⑤号瓶撞⑨号瓶），球作“S”形偏离贯穿瓶袋的第 17 块木板，最后从⑨号瓶位滚出瓶台。从中可看到，直接推倒的只有①—③—⑤—⑨号瓶（左手是①—②—⑤—⑧号瓶）而已，其余的瓶是被球瓶与球瓶的

连锁反应所撞倒。虽然球不按这条路线走也可能会获得全倒，但只有这条路线获得全倒的概率最高。

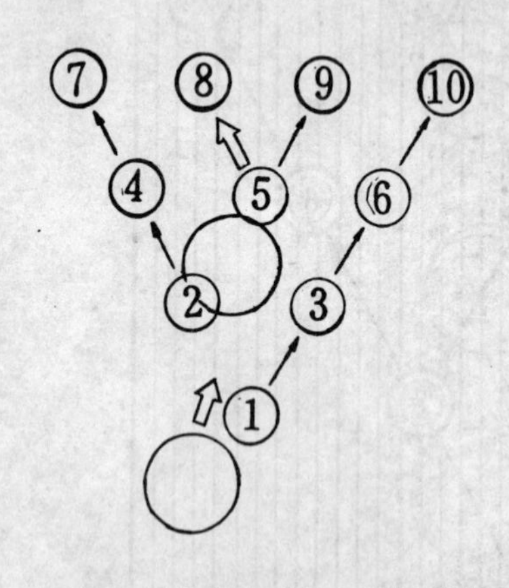

图 69 完美全中球（左手投球者）

球围绕第 23 块木板以“S”形正确偏离贯穿瓶袋，构成①—②—⑤—⑧瓶的连锁反应

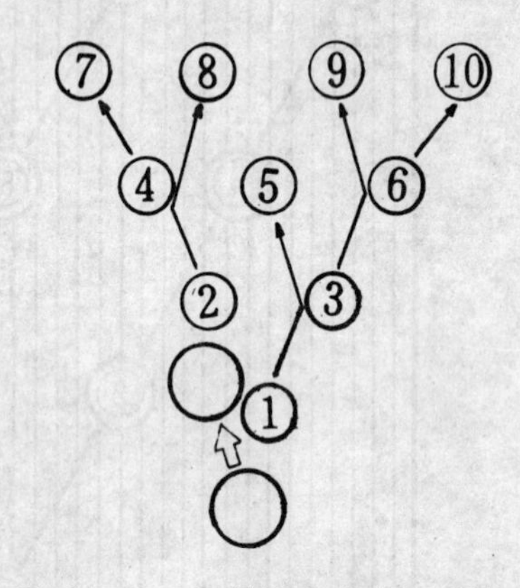

图 70 ①—②斜投方式击中球的球瓶动作

所谓斜投，是指右投者的①—③路线的反侧，亦即①—②球瓶侧

2. 有效的射入角

相信各位已经察觉到了吧！球从什么角度进入是关键，即射入角（射入角就是球转向①—③瓶之间的路线与①号瓶中心线之间构成的角），以及球和球瓶的接触点（即称为瓶袋）都必须准确无误，才能发生球瓶的连锁反应。否则，那怕只要稍有出入，一定会有后方的球瓶留下。一次看来好像朝着一次全倒路线而进入的射入角，瞬间却留下了⑩号球瓶，这种例子屡见不鲜。这就证明了进①—③瓶袋球的路线稍有紊乱（图 71），与完全一次全倒的路线相比，球的路线朝右偏了 2～3 厘米左右，因此，③号球瓶稍微击中⑥号球瓶的左侧，⑥号球瓶则通过⑩号球瓶的前面，并没有击倒⑩号球瓶。

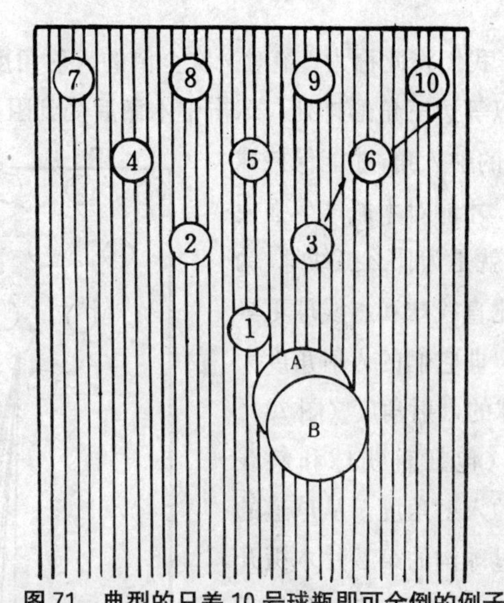

图 71　典型的只差 10 号球瓶即可全倒的例子

A 球正确进入①-②瓶袋　B 球只比 A 右偏了 2～3 厘米

看来，球能否正确地进入瓶袋对全倒是很重要的。只要球能进入瓶袋，对木瓶的杀伤力将十不离九，就算没能全倒，剩瓶也容易补中。而进入瓶袋的最佳位置是 18.5 块木板处，其中击中①号瓶要厚，约 3/5，击中③号瓶要薄。如角度太浅容易残留④、⑦、⑩号球瓶，而如角度太深，容易残留④、⑩号球瓶（图 72）。

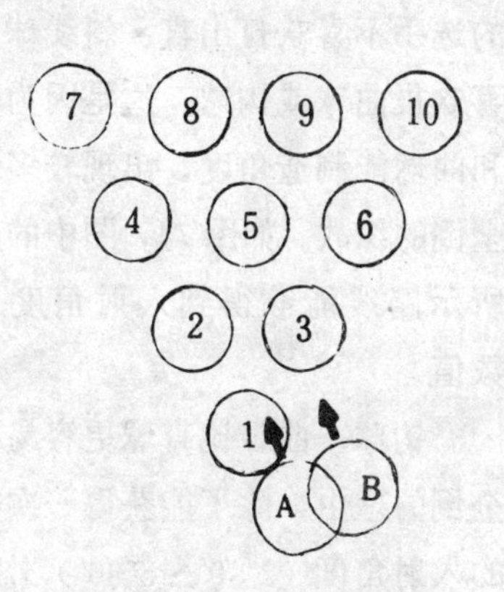

图 72　进球角度的深浅

A. 角度太深容易残留④、⑩号球瓶

B. 角度太浅容易残留④、⑦、⑩号球瓶

根据调查，一次全倒的射入角，从最小的 2.5°到最大的 5.5°，大约在 3°左右的范围内，有无数的路线，我们将此称为“绝对一次全倒的入射角度”。因为木瓶在瓶台上以等边三角形排列，球击中木瓶后受到阻力要产生偏离，而唯有大的射入角，才能保持球的正确偏离，才能对木瓶产生强大的杀伤力，这就是为什么弧线球、钩球和反手球比直线球和斜线球更具优势的原因，即它们的入射角度大于直、斜线球的入射角度（图 73）。

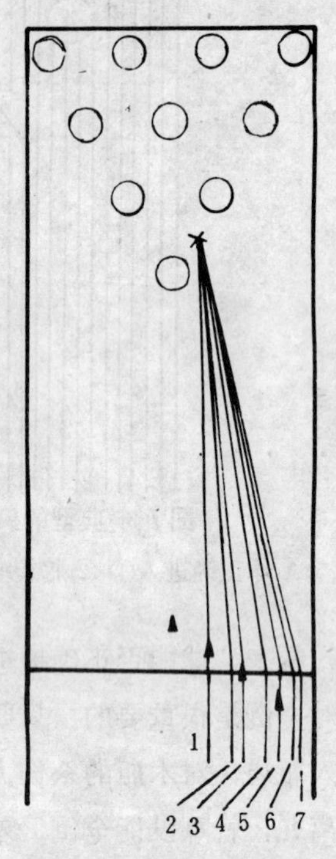

图 73　直球的入射角度

1. 第 15 片板块角度约 18′　2. 第 12 片板块角度约 40′　3. 第 10 片板块角度约 50′　4. 第 7 片板块角度约 1°05′　5. 第 5 片板块角度约 1°20′　6. 第 3 片板块角度约 1°30′　7. 第 2 片板块角度约 1°40′

以直球（包括直线球和斜线球）为前提的入射角度，从球道的右端好像擦过球沟的第 2 片木板开始投球为 1°40′，所以尚未达到最小的一次全倒角度 2°30′。因此，优秀的选手不喜欢打出直、斜线球，而喜欢投曲球或钩球。这是因为钩球和曲球能制造角度，出现较多一次全倒的缘故。如图 74，图中的虚线所示路线能够得到入射角度 3°的数值。

钩球、曲球比直球更容易取得全倒的理由，除了能获得一次全倒的入射角度（2°30′～5°30′）外，还因为瓶子容易朝侧面倒而易击倒其他瓶子，弯曲球会造成侧旋转，因此球会朝斜面飞出，从而引发一连串球瓶动作（图 75、图 76）。与直球不同的是球瓶达侧旋转时，其弹跳角度会涵盖旋转方向的轨道。如图 75，左旋转球击中球瓶时，球瓶弹跳方向是比进入角度更为左边的路线，右旋转球则涵盖右边路线，而没有侧旋转的球，在击中球瓶时，球瓶弹出的方向则如图 77、图 78 所示，会与连结线形成直角，杀伤面小。

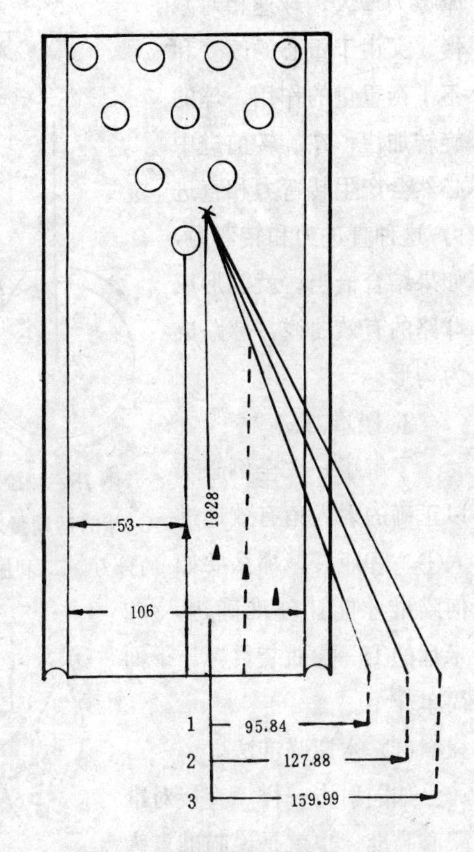

图 74　曲线球、钩球的射入角

1. 3°时 95.84 厘米　2. 4°时 127.88 厘米 3. 5°时 159.99 厘米　3 片木板宽为 7.6 厘米

钩球、曲球为什么会拐弯？这是由于球道表面作过技术处理的缘故，1/4 加厚油，1/4 加薄油，2/4 没有加油，使得球在通过这几个不同区域时球道给予球的摩擦力显然不同。这种摩擦力的变化，加上专用球本身不平衡重量形成轴心，以及选手投球的技术、技巧等因素，就会影响球的滚动过程。球出手后，摆动所给予球的直进力比放球瞬间所给予的侧旋转的力量更大，以及球道表面润滑油的作用，约在 3.048～4.572 米（10～15 英尺）的范围内，球在直进力的作用下是向前滑溜滚动；到了约 4.572～9.144 米（15～30 英尺）的范围内，球道的加油量变少，球与球道的摩擦力变大，从而会减弱直进力，渐渐地使侧旋转的力量战胜直进力，当球出了加油段进入没有布油的区域时，摩擦力增大，球速相对减慢，又由于重心的改变和不平衡重量的作用，球的旋转加快，在旋转前进中必然会产生转弯力和直进力，这种直进力和转弯力，如果结合恰当，就能形成球路的有效曲线，球路成为钩形。

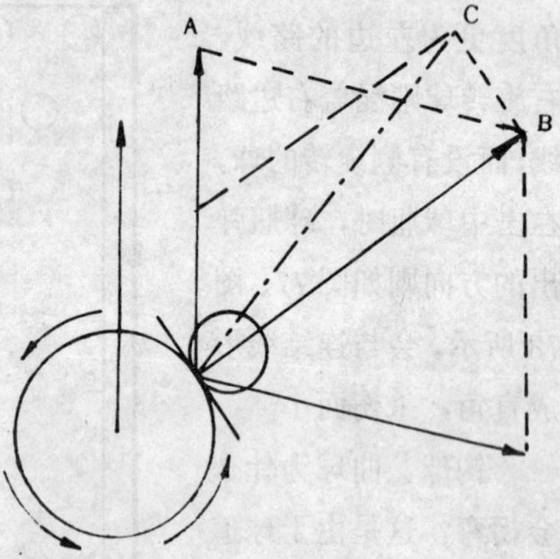

图 75　侧旋转球作用木瓶后的走向

A. 球的运动量之力　B. 运动量与反弹力的合力　C. 利用旋转力，改变路线

3. 瞄准方法

了解了一次全倒必须以正确的射入角有效地进入①—③瓶袋，那么要如何瞄准才能让球准确进入 22 米远的①—③瓶袋目标，下面简单介绍。

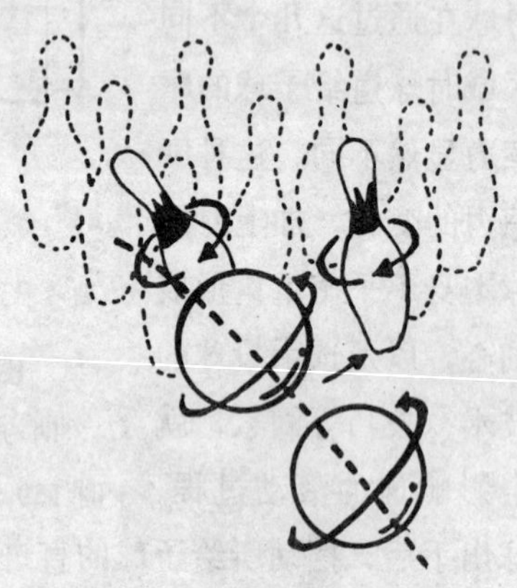

图 76　侧旋球的破坏力

（1）木瓶瞄准法

如同射击一样，直接对准靶心瞄准，也就是说瞄准点为置瓶区的木瓶①—③瓶袋。从该处和投球的落点联一直线，该直线即为球走的路线（图 79）。这种盯住球瓶的投法，是初学者较常用的，但因为球瓶是在 22 米（60 英尺）远处，初学者会感觉到它很远，并擅自注入外力来投球，引起了姿势不稳定，瞄准目标产生错误造成瞄准不准，所以该瞄准法不及点瞄准法。

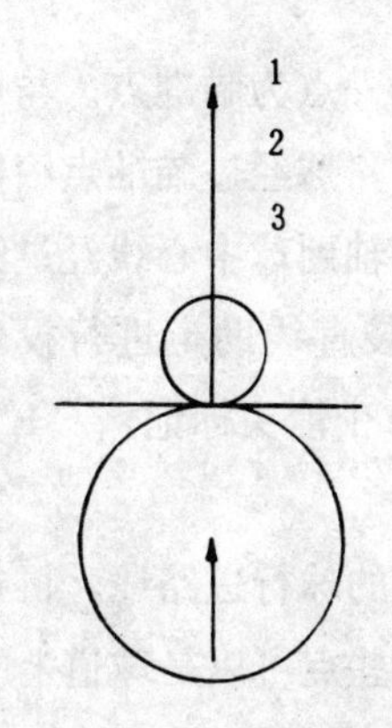

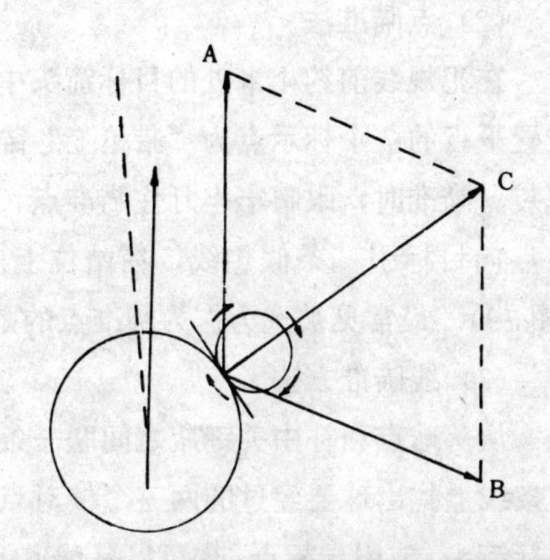

图 77　没有侧旋转的球作用木瓶后的走向

1. 球的运动量　2. 反弹力　3. 球的通过

图 78　没有侧旋转的球作用木瓶后球瓶的弹出方向会与连结线形成直角

A. 球的运动量之力　B. 反弹力　C. 合力线

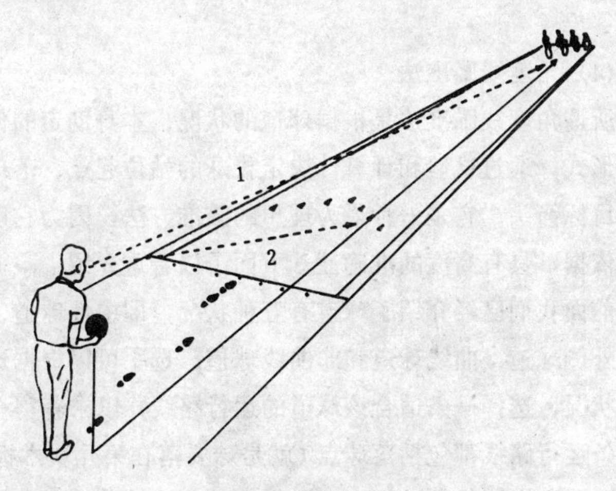

图 79　瓶、点瞄准方法

1. 木瓶瞄准法，由于目标太远容易产生错觉，也很难掌握正确的路线

2. 点瞄准法通常使用第 2 山形标记为瞄准点

(2) 点瞄准法

在犯规线前约 4 米处的目标箭头中选择一点为瞄准点。与瓶位置平行的 7 个标示点为“猎枪上”瞄准点，球经过瞄准点滚向瓶袋。瞄准时，眼睛牢牢盯住瞄准点，由臂轴到球中心线经过瞄准点向目标引一条假想线，在站位上向瓶袋直线助走进行投球(图 79)。最常见被选为作为瞄准点的是第 2 个箭头标记。

(3) 线瞄准方法

从落球点和补中关键瓶之间联一条假想的球行进路线，再在这条线上找出球要经过的两三个核对点，这些点可以是球道上的目标箭头，或引导标点，也可以是球道上颜色深浅不同的木板，有了几个点核对球路，就易于判断投球的准确性。球可能经过一个点，但击瓶效果同预期有出入，在这种情况下，是由于角度有差错，还是速度或身体引伸程度有毛病等问题，就比较容易得出结论。

(4) 角度线瞄准法

所谓角度线瞄准法是根据球道的状况、本身助走的偏差和投球的形式，通过试验和计算，决定投球的站位起点、落球点和经过的目标箭头。它是一种最为理想的瞄准方法，因为它以科学调整为依据，具有高度的准确性。下面予以着重介绍。

前面我们已经介绍了球道有五种状况，即中性球道、内侧球道、外侧球道、曲线球道和非曲线球道。选手可以根据这几种球道的状况，选择一条适合该球道的运行路线，以求获得全中。而每一条运行路线都包括落球点(就是球要落在第几块木板上)、目标箭头和进入瓶袋的转折点(图 80)。其中连接落球点和目标箭头的直线相交于犯规线，就会产生一定的角度，称之为犯规线角或简称为角。落球点的板数和瞄准点的板数这二个数字的关系构成犯规线角，可能成直角(图 81)，也可能是大于 90°成开角(钝

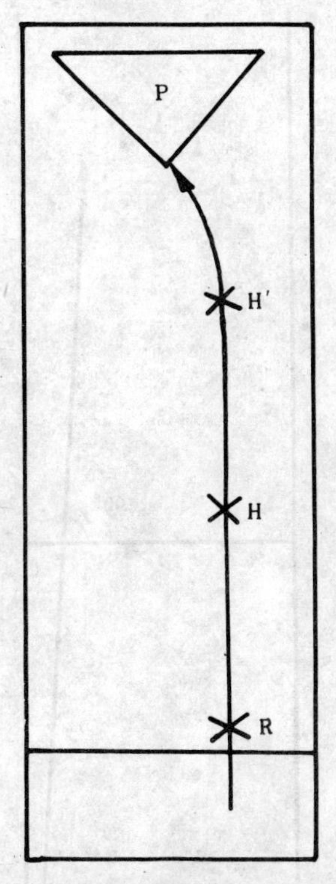

图 80　球运行时所经过的几个点

R：落球点　H：目标箭头　H：转折点　P：球瓶群

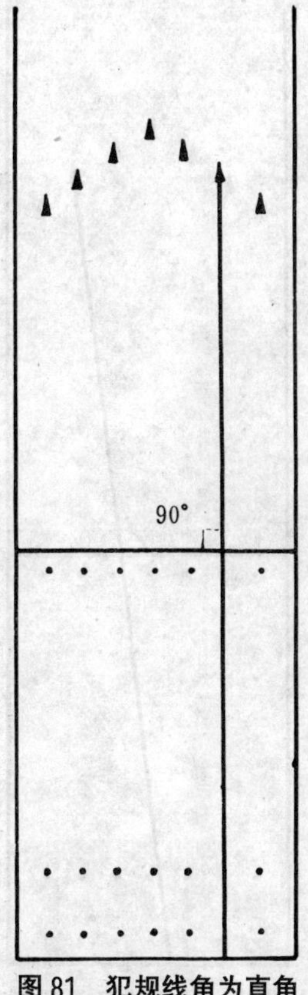

图 81　犯规线角为直角

角）（如图 82），或是小于 90°，成闭角（锐角），如图 83。当落球点的板数和瞄准点的板数相等时，犯规线角成直角，可用 10-10 或 11-11 等来表示，第一个数字表示落球点在哪一片木板上的数字，第二个数字表示瞄准点的板数，当落球点的板数小于瞄准点的板数时，为小于 90°的闭角，用 8-10、10-11 等表示；或是落球点的板数大于瞄准点的板数时，为大于 90°的开角，可用 12-10、23-20 等表示。

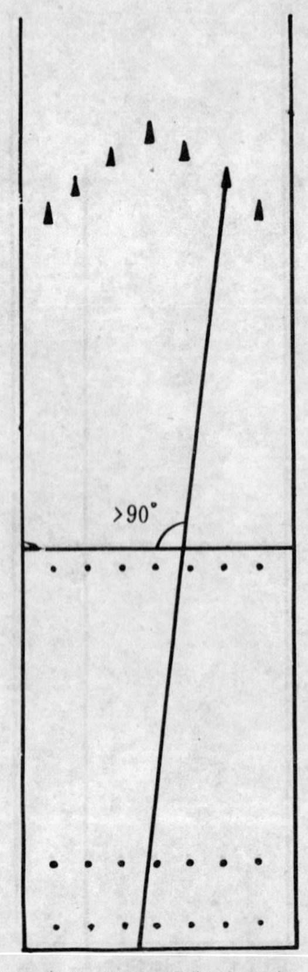

图 82　犯规线角为开角

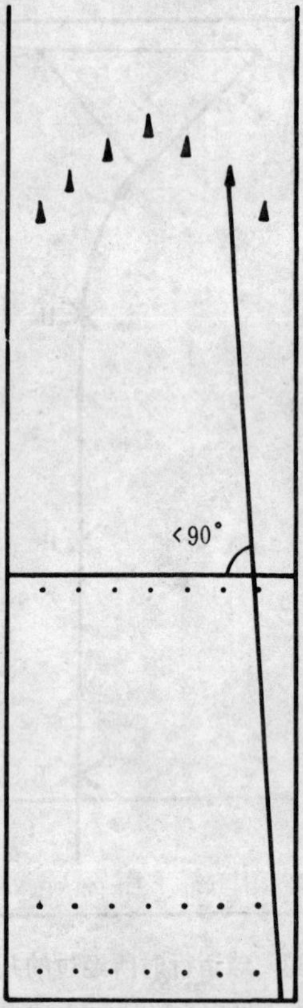

图 83　犯规线角为闭角

如何选择全中的角度线呢？我们知道，球道有五种状况，对应于这五种状况，就有五组的全中线，如图 84、图 85、图 86、图 87，每组全中线中又有若干个犯规线角，而选手在某一特定球道上投球，使球滚入①—③瓶袋的正确角度线往往仅有一个。现在我们来看五组路线的特点与如何实际运用。

①第 1 组，极内侧线（图 84）：落球点在犯规线前 20～27 块木板，经过目标箭头处 18～22 块木板的行进路线，都归为极内侧线。采用此路线必须注意以下三点。

首先是球道状况，如球道非常干，球路的弯曲角度很大，为了能使球滚到球道较下部再拐弯成钩状并减小球路的弯曲角度，可采用极内侧角度。

其次是瞄准，球员采用这种路线时，其设定的瞄准点都比其他角度的瞄准点离犯规线远，这样可增大抛掷距离，使球滑行段加长，延缓转向点的产生和减小弯曲角度。

再次是步伐的行进，此种以内向外开角度的投掷方法，选手双脚要与瞄准点平行，其肩膀也要与瞄准点成直角，而不是与犯规线成直角（图 85）。

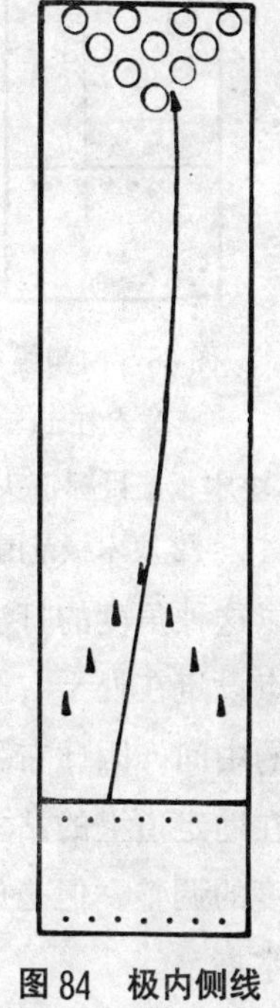

图 84　极内侧线

落球点在 20～27 块木板之间，目标箭头在 18～22 块木板范围内

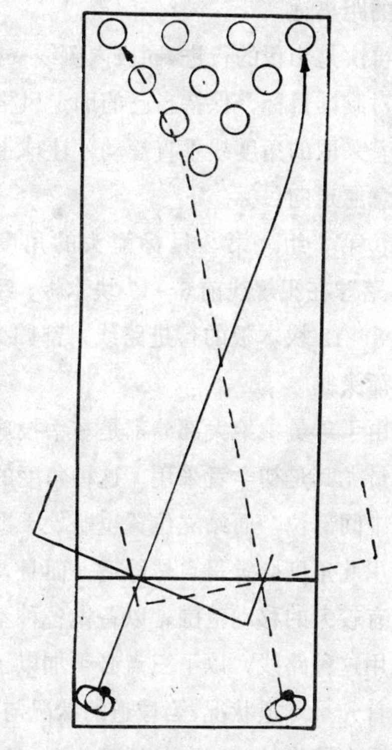

图 85　站立位置方向与助走方向和瞄准点的关系

②第 2 组，内侧线（图 86）：落球点在犯规线前 11～21 块木板、经过目标箭头处 13～17 块木板的行进路线，都归为内侧角度。采用此路线也必须注意如下三点。

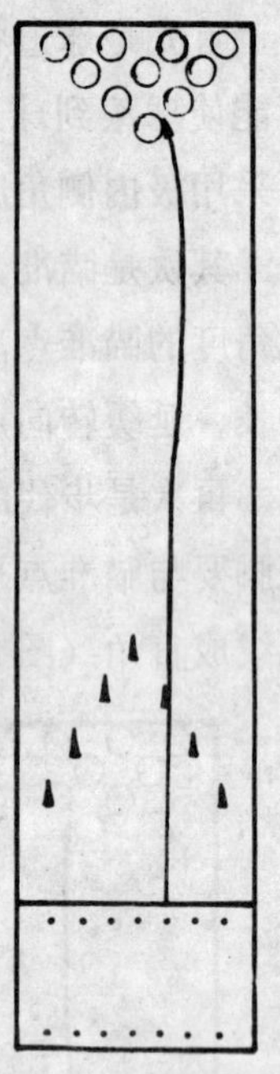

图 86　内侧线

落球点在 11～21 块木板，目标箭头在 18～22 块木板范围内

首先是球道状况，由于球道油层较薄，球弯曲角度比预期稍大，为了让球能深入球道后再拐弯成钩击中瓶袋，可以选用该线路。

其次是瞄准，采用该线路，瞄准点的距离比极内侧线的瞄准点近，但又比第 2 山形标记的距离远。

再次是步伐的行进，同极内侧线一样，身体正对瞄准目标，保持自己的助走风格，使球顺着采取的角度线垂直摆动，让球带着选手的意愿走向目标。

③第 3 组，第 2 目标箭头的角度（图 87）：落球在犯规线前 6～17 块木板，经过箭头处 8～12 块木板的行进路线，都归为第 2 目标箭头线

由于球员中绝大部分都是右手投球，所以这种角度的打法常被球员尤其是初学者采用。这种角度的瞄准点设定在处于右侧球道的中间部位，而站立位置也略处于助走道的中间，因此右手球员采用此角度会觉得自然舒适。而且，选手在助走道上的站立位置会有较大的移动范围，以备做各种不同角度的调整。但是如果要采用这种路线，以下三点必须加以了解和掌握。

首先是球道状况，当球道的状况与球的行进正好能相配合，转向点也在恰当的时间和位置产生时，球员可采用这种路线来取得最佳的击瓶角度。如果球道状况并不理想，可移至内侧角度，使

球与球道的接触点发生在较远处或是移至外侧，以较直的角度对准击瓶点做投球动作。

其次是瞄准，瞄准点的设定及其距离的远近，与球员在做投球动作时身体各部位能否很自然地延伸有密切的关系。投掷远的选手瞄准点的设定会远于投掷近的球员。

再次是步伐的行进，采用这种路线投球，瞄准点及站立点与犯规线几乎成直角，球员在行进时正对着球道，不会产生心理上或视觉上的影响，是一种最自然的行进方式，但选手还是要掌握行进的要领，双脚与瞄准点平行，对着瞄准点行进并做投球的摆动。

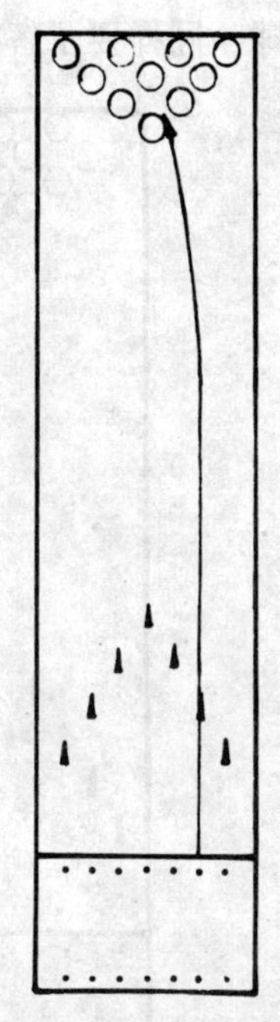

图 87　第二目标箭头

落球点在 6～17 块木板之间，经过目标箭头在 8～12 块木板范围内

④第 4 组，外侧线（图 88）：落球点在犯规线前 3～8 块木板，经过箭头处 4～7 块木板，此范围归于外侧角度，采用此路线投球，必须了解并掌握如下三点。

首先是球道状况，一般用于球道加油较多而产生球路的弯曲角度不足的情况，球员为了使球的滚动与弯曲产生得较快，常使用这组路线。

其次是瞄准，瞄准点比第 2 目标箭头线稍近，又比最外侧线稍远，落球点同样也要比第 2 目标箭头近，比最外侧线远。

再次是步伐的行进，由于靠近球沟边，没有空间使用很开的角，闭角的空间也很小，助走时方向要正对目标，按常用步伐走向目标箭头，让球的垂直摆动带动身体，沿正确的路线前进。

⑤第 5 组，最外侧线（图 89）：落球点与目标箭头处都在 1～3 块木板的范围之间，这组行进路线都归为最外侧线，也称为沟边

掷球。同样要了解以下三点。

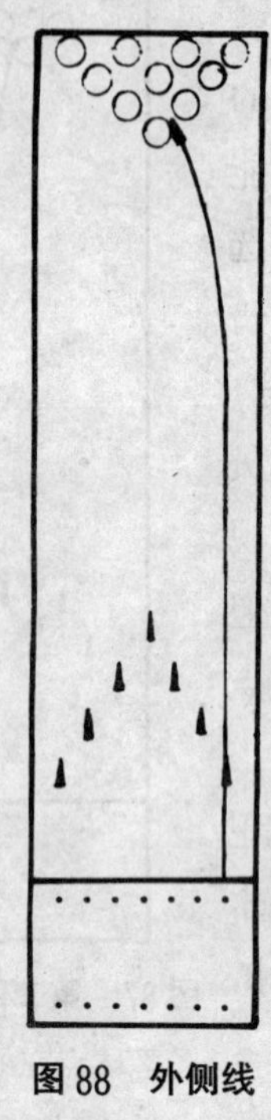

图 88　外侧线

落球点在犯规线前 3～8 块木板，经过箭头处 4～7 块木板

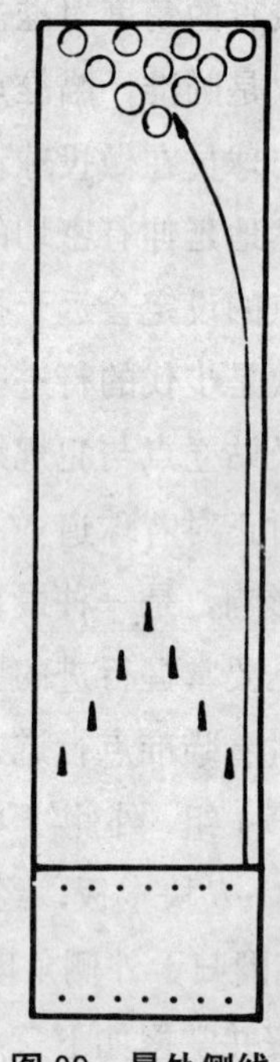

图 89　最外侧线

落球点与目标箭头都在 1～3 块木板的范围之间

首先是球道状况，球道油层极厚，而产生球路弯曲角度极小；内侧球道状况不一致，以致球的行进发生不规则的变化，导致无法获得较佳的击瓶角度；球重时，为了抵消球与瓶撞击时所产生的偏差，而增大撞瓶的角度。

其次是瞄准，瞄准目标离犯规线很近，对不习惯近距离瞄准的选手来说，会感到不自然。但无论如何，选手可通过练习，设法使助走、投球等动作舒适自如。

再次是步伐的行进，因太靠近球道的边缘、回球机或墙壁，会对球员的投掷动作有所影响。由于投球位置太靠近球道沟，选手在投球时，视觉及心理都会受到影响，从而将球掷向内侧方向，而失去准确性。

以上介绍了五组行进路线。由于每位选手使用的球及其性能与掷球动作不同，其选用的行进路线也会有所不同，这完全取决于球员个人球具与技巧的恰当配合。另外，球道的变化是迫使球员将原来使用的行进路线改为另一组行进路线的主要原因，所以球员在投球时，应尽快地对球道的变化作出正确的判断，选出一条最有利于自己的行进路线。要做一个好选手，应具备能随时采用这五组路线的应变能力，这样才能适应复杂情况，取得最佳击瓶效果。

4. 适宜的球速

投全中球必须有适宜的球速。从犯规线到①号瓶中心距离为18.28米，每个保龄球的圆周长为68.5厘米，从理论上讲，球要在球道上滚动26圈多一点方能与①号瓶撞击，而实际上由于球的滑溜，一般滚动不到26圈。据实测，球从落点开始滑溜、滚动、旋转约16～19圈即可到达①号瓶处。一个平均成绩达到190分的保龄球选手，投出的球经滑溜、滚动和旋转，最多约10～15圈即可到达①号瓶。

如果球速过快，滑溜距离则加长，球进入瓶袋时还来不及形成足够的旋转，击瓶后球瓶将垂直地倒向沟底，横向破坏力小，甚至会出现不易补中的高难度分瓶位。如果球速过慢，则撞击无力，不能有效地穿过瓶台 。

一般球从犯规线到①号瓶的运行时间为2.2秒±0.2秒，这样的球速最佳。若运行时间不足2.0秒，则属于球速太快；若运行时间在2.4秒以上，则属于球速偏慢，往往就没有足够的力量保持冲力，击倒①—③—⑤—⑨号瓶。诚然，掌握适当的球速是必要的，但是对于初学者来说，控制球速的稳定一致则显得更为重要。因为投出的球如能以同一方式滚动前进，并且相对恒速，就能控制球进入瓶袋的途径，并估计出球的偏离，以便通过调整，提高进入瓶袋和达到“全中”的百分率。

5. 正确的作用力

作用力是使球在瓶台上按照要求的偏离度穿过木瓶、并使球瓶被击倒所需的力量。它一般是手臂的提力、球的旋转力和指力等的总称，其中最重要的应该是放球时拇指、无名指和中指的位置以及它们施加于球上的力量。作用力有时也与其他因素如球道情况、球速、球重、犯规线角和射入角等有关。如果作用力过大，球进入瓶袋后可能不一定依照①—③—⑤—⑨号瓶的偏离途径前进，使左侧留有补中瓶。若作用力过小，球向外侧偏离，击中③号瓶偏多，而击中⑤号瓶偏少，甚至击不中⑤号瓶，往往留下⑤—⑦、⑤—⑩、⑧—⑩、⑦—⑨等分瓶。如果作用力适中，进入瓶袋后，偏离方向正确，呈S形轨迹，从而产生完美的倒瓶方式。

（二）全中的调整

有经验的球员通常通过对剩余瓶的分析，了解到球击中①号瓶的厚薄程度，就知道这个角度线已不宜采用，因为它不适合球道现行的状况，必须在方向和角度上作些调整，不过在作调整时有个前提，即每一投的技术不受调整前后的影响，始终相对保持稳定。现以右手投球为例，假设球都击中①号瓶的右边，就要考虑以下可能出现的情况：第一，击瓶太薄。也就是球击①号瓶的位置太靠右边，或是球进入置瓶区角度不够。在这种情况下，球会击倒①、③、⑥、⑨号瓶及其他右边的球瓶，但是②、⑤、⑧号瓶及其他左边的球瓶就会剩下，说明击瓶太薄。这时，如要做正确的调整，须将站立位置向右移动若干距离（图90）。第二，击瓶太厚。球击中①号瓶太靠左边或是球进入置瓶区角度太大，在这种情况下，球会击倒①、②、③、⑤和⑧号瓶及其他球瓶，通常会留下④、⑥、⑨或⑩号瓶。为了调整击瓶角度，选手可将站立位置向左移动若干块木板数（图90）。

有时无论击瓶太薄或太厚，④、⑦、⑩号瓶都可能剩下，球员必须依据这几个瓶与同时剩下的其他瓶来判断并进行调整。如剩下的还有②、⑤、⑧号瓶，则说明太薄；⑥、⑨号瓶则表示击①号球瓶太厚。

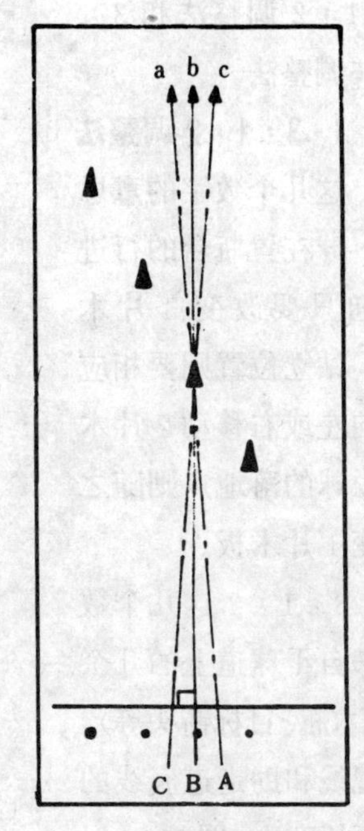

图90　调整示例图

1. 假设Bb线能准确地进入①—③瓶袋，则就采用该线路，站位不动　2. 假设投出的Bb线是走向③号瓶的右侧（即不到位），则必须调整采用Aa线，站位从B点向右移至A点　3. 假设投出的Bb线是走向①号瓶的左侧（即超位）就应该调整采用Cc线，站位从B点向左移至C点

对剩余瓶的分析，如下三点值得注意。

①球员要经过多次的击球，看某些瓶剩余的次数再作决定。

②太薄的击瓶也可能击倒⑤、⑧号瓶。

③全中数很少，但剩余瓶的发生情况都不相同，这种情况说明选手的投球动作前后不一致，所以可不做任何改变瞄准点和站立位置的调整，要在投球动作上下点功夫。

至于要如何调整，选手可不能凭空设想一个角度，而是要根据一些原理进行科学的调整，下面就介绍两种全中球的调整方法：

3：1：2 调整法和 3：4：5调整法。

1. 3：1：2 调整法

这几个数字的意思是：球在置瓶台的行进方向只要改变 3 片木板，站立位置则要相应地向左或右移动 2 片木板，球的落地点则随之改变 1 片木板。

3：1：2 这几个数字来自于球道上的几个点（木瓶、目标箭头等）、犯规线和助走道底线的间距长度比（图 91）。以山形标记为支点，从站立点到山形标记距离为 30 英尺，从山形标记到球瓶距离约为 45 英尺，45：30 也就是 3：2 的比例。总之，球的行进方向在置瓶区若想改变 3 片木板（AA′），则站立位置也要相应的移动 2 片木板（BB′）即可。

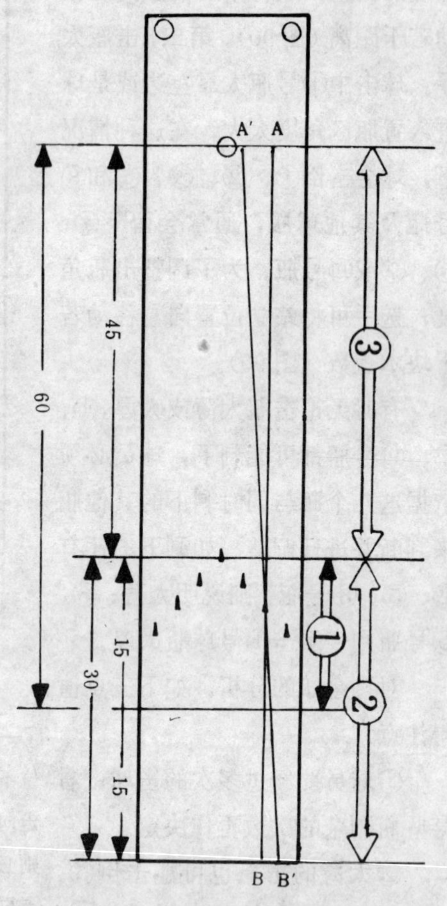

图 91　3：1：2 调整的理论知识（单位：英尺）

球在置瓶区改变 3 片木板，站立位置就要相应移动 2 片木板，落球点紧跟着移动 1 片木板，而瞄准目标仍保持不变，还是以第 2 山形标记为支点

再进一步发展，连球的落点在哪片木板上也计算在内，见图 91 所示（45：15：30，也就是3：1：2，这就是一次全倒的3：1：2

调整的理论。在3∶1∶2的比例中，一般常使用3∶2的比例，因为在投球时很少每次都注意到球的落点，球应落在第几片木板上不一定常清楚。

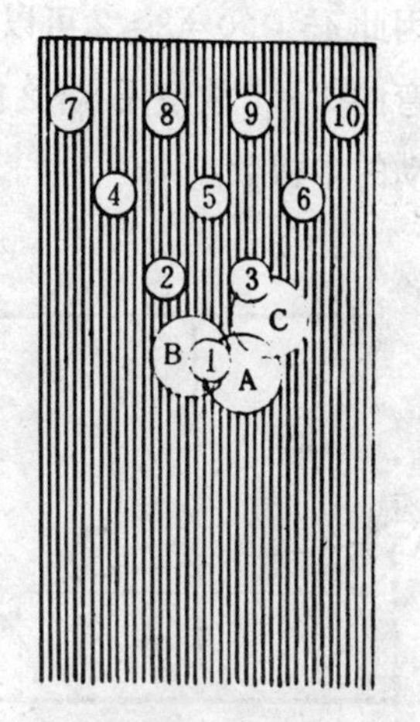

图92　测试球道的速度

A.“刚刚好”球道　B. 慢球道（球超位）　C. 快球道（球不到位）

知道了3∶1∶2调整原理，现在就结合实例来具体运用3∶1∶2的调整技巧。

第1步骤：从平常习惯的站立位置朝向第2山形标记，采用平常的投法投数球，假设个人必需板数为7块木板，用10-10角度线投球（如图92）。观察击中①号瓶的方式，①—③瓶袋A点为第18块木板（以计算而言，虽然是第17.5块木板，不过通常则以第18块为目标），因此若是打中B点，经推测是在第22块木板上，22—18=4，所以也就是大致慢了4块木板数；若是打在C的位置，判断为在第14块，则为18－14=4，就可以考虑大约快4块木板。若要询问球的速度，如果是A点则速度“刚刚好”，如果是B点就是慢4片木板，可以用数字来表示。

第2步骤：速度用数字来定量考量时，可以使用3∶2的比例来计算。若是球道太慢，球进入置瓶区就会出现超位，即以第1步骤的方式，你所投出的球不会进入①—③瓶袋，而是会进入①—②瓶侧第23块木板，这时球道的速度为23－18=5（距①—③瓶袋多弯曲5片木板数的份量），即球道为慢5块木板的球道。

如果要改正过于弯曲的情形，则站立位置须朝左移动若干块木板，但山形标记不要改变，仍以第2山形标记为准（以山形标记为支点），如图93，球道的长度，由支点来看为45∶30的关系，因此 45：30=3：2 可以这种方式来考虑，在这个例子中，木板多弯曲 5 片，故使用 3：2 的比例来移动站立位置，以 x 来表示须移动的木板数，则

$3：2=5：x \qquad x=3.33$

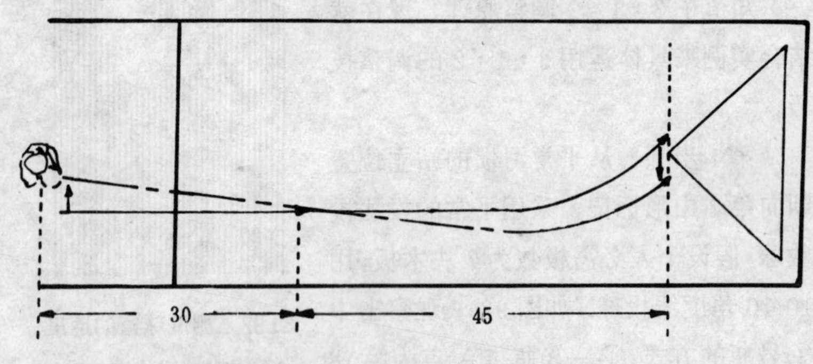

图 93　慢 5 片球道的调整计算法

球道慢 5 片，为了击中①—③瓶袋，应向右移 5 块木板，这样一来站立位置经过计算，也要相对应地向左移动 3.33 块木板，虚线就是调整后的路线。

因此，站立位置应该朝左移动 3.33 块木板。至于落球点应在第几块木板上，同样以交点来看为 45：15=3：1 的关系，木板多弯曲 5 片，故使用 3：1 的比例来调整落球点，我们以 y 来代表球应落的木板数，则是：

$3：1=5：y$

$y=1.67$

这时经过调整后，该选手应从原先站立位置在第 17 块木板边线上按 10-10 角度线投球，此时就应改在站立位置在第 20，33 块(17 加上调整后的 3.33 块木板)木板边缘，采用 11.67-10 开角角度线投球。

若是球道太快，打中 C 点时（图 94）情况如下：球道的速度若是 C 点经推测为第 12 片木板时，则与①—③瓶袋的第 18 片木

板差距为 12－18＝－6 片（击中点比①—③瓶袋第 18 块木板更右边时，以负数来表示），使用 3∶2 的比例来调整计算，球道快 6 片时，站立位置应改在 x 片木板上，依据

$$3:2=6:x$$

$$x=4\text{（片）}$$

因此正确的站立位置则是从原来的站立位置上向右移 4 片木板，即从原站在第 17 块木板边线上向右移动 4 片，站在第 13 块木板边缘上（17－4＝13）。落球点则要向右移 y 块木板数

$$3:1=6:y$$

$$y=2$$

计算得出须向右移 2 块木板数，从 10-10 角度线改为 8-10 角度线投球。

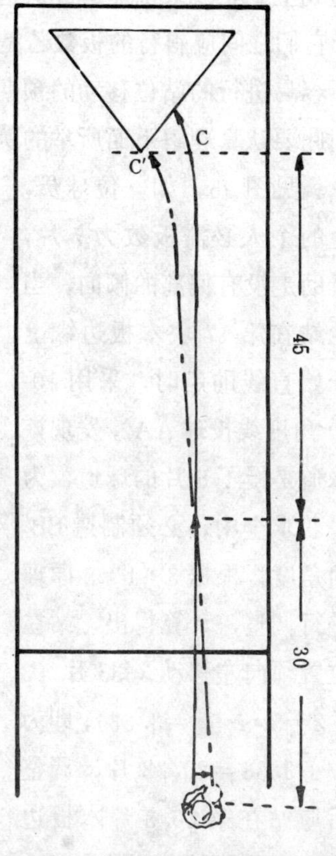

图 94　快 6 片木板的球道调整计算法

实线不能进入①—③瓶袋，为了有效击中，应从 C 点移向 C′点向左移 6 块，站立位置也要相应向右移动 4 片。虚线为调整后的全中线

第 3 步骤：在测试了球道的快慢程度后，并依据 3∶1∶2 的原理，找出了正确的站立位置，接着就是从站立位置到山形标记为止，采用直线前进或是斜行直线几块木板，这才是实战获得成功的重点。

在此练习中，最困难的就是斜行的问题。即使是经过计算，确定了正确的站立位置，但若从起点的左脚内侧缘站在第 x 块木板

边线上到犯规线前左脚此时应停留在第 x' 块木板边线上，从 x 到 x' 它们之间应斜行的板数若是超出或达不到斜行的范围，那么好不容易进行的站位移动的预期效果也会化为泡影，导致角度失误。因此要认真理解下面所举的例子。

见图 95，如一位球员，他的个人必需板数为 7 片，且助走没有偏离的倾向，当他站在第 17 块木板边缘上开始直线助走时，采用 10-10 角度线投球 AA′，发现该球道是慢了 5 片的球道，为了获求全中，必须制造 BB′ 的角度，根据 3∶1∶2 原理进行调整，计算得出，站立位置须向左移动 3.33 片（3∶2＝5∶x，x＝3.33），即为 17＋3.33＝20.33 片，调整后应站在第 20.3 片木板边线上，采用的角度线 BB′ 也要相应调整，须朝右边移 1.67 片木板（也是根据 3∶1∶2 原理计算得出，3∶1＝5∶y，y 为 1.67 片）。此时 BB′ 的角度线为 11.67-10 的开角角度线。因为调整后的角度线 BB′ 投射轴是朝右倾，身体要朝目标方向（站立姿势朝右方），同时配合 BB′ 投射轴的倾斜度进行正确地助走。要达到助走

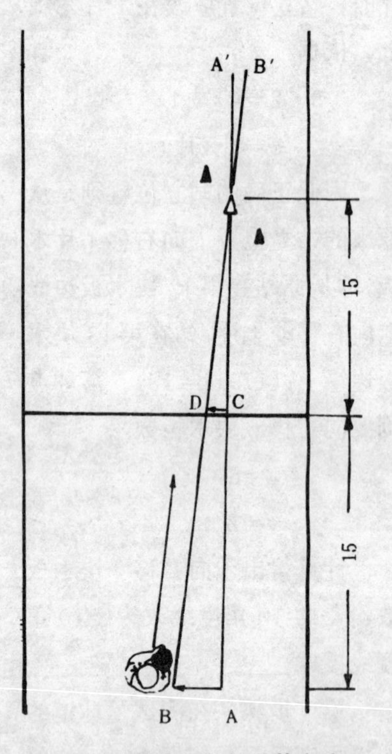

图 95　球落点板数的计算方法

计算出站立位置向左移 3.3 块木板，（A→B 移），至于落球点 D，从原先的第 10 片木板 C 点再向左移 1.67 片木板（须移动的木板数为 $3.33\times\frac{1}{2}$ 片＝1.67 片）

正确，须计算出从第20.3片起点至犯规线前应斜行几块板，才能在不改变个人必需板数的前提下投出11.67-10的角度线，一般计算方法为站立位置须移动木板数的1/2。本例已计算出须移动3.33片，那么3.33的1/2为1.67片木板。为此调整后的几个数据为，开始站立在第20.3片木板边线上，助走至犯规线前须朝右边斜行1.67片木板数，也就是滑步后停在18.6片木板边线上（个人必需板数为7），才能投出11.67-10角度线（BB′）。

如上所述为一次全倒调整实例，实际上，是要计算出斜行的范围来投球。因为仅仅是1片木板的宽度为1英寸（约2.54厘米），而3.3片木板也只有8.3厘米的宽度而已。从站位开始到推球动作，在约4.5米的助走区中只能斜行8.3厘米的一半，必须有以身体正确地表现出斜行的技巧。

可简单地归纳：以不改变第2山形标记为原则，而处理球道速度3∶1∶2一次全倒调整方法整理如下表。

表1　　3∶1∶2全倒调整方法一览表

<table>
<tr><td></td><td></td><td colspan="2">1—3瓶袋</td><td>要　点</td></tr>
<tr><td>结果</td><td>1. 球的行进方向</td><td>打左边</td><td>打右边</td><td rowspan="2">绝对不能改变投球方式或放球动作</td></tr>
<tr><td rowspan="3">判断</td><td>2. 球道状况</td><td>球道太慢</td><td>球道太快</td></tr>
<tr><td>3. 使用第22山形标记</td><td colspan="2" rowspan="2">不改变山形标记
以3∶2的比率
朝左变更 ｜ 朝右变更</td><td rowspan="2">以3∶2的方式移动，产生的结果是要尽量习惯“目标与眼睛的差距”</td></tr>
<tr><td>4. 站立位置移动的方向与比率</td></tr>
<tr><td rowspan="2">对应的要点</td><td>5. 助走的方法</td><td colspan="2">身体略朝第2山形标记的方向
·向右 ｜ ·向左
朝稍斜的方向助走</td><td rowspan="2">为制造角度，故要移动站立位置（斜向移动），但不可因走得太多而封杀了角度</td></tr>
<tr><td>6. 不可封杀角度</td><td colspan="2">从开始到推球为止的助走
·不可过度朝右走→练习的重点 ｜ ·不可过度朝左走→练习的重点</td></tr>
</table>

了解了 3∶1∶2 的调整理论知识，现就举几个全中线的角度调整实例，请计算出它们的站立位置应在第几块木板边缘（以左脚内侧线为准）。

例 1：投 9—9 角度线时的站立位置。假设：个人必需木板数为 8 块，助走和滑步倾向性是向右偏离 2 块板。

第 1 步：计算球落点的木板数和瞄准点的木板数的差数：9—9=0，那么根据 3∶2 原理，站位不需要移动。

第 2 步：在假设助走没有偏离时的站立位置，应该是落球点的板数加上个人必需板数：9+8=17

第 3 步：现因为助走有向右偏离 2 块木板的习惯倾向：故：17+2=19

所以投 9-9 角度线时，且个人必需板数为 8、向右偏离 2 块木板助走的选手，正确站位应在第 19 块木板边缘上。

例 2：投 11-11 角度线时的站立位置。假设：个人必需板数为 6，向左偏离 2 块木板助走。

第 1 步：同例 1 的第 1 步，11—11=0

第 2 步：同例 1 的第 2 步，11+6=17

第 3 步：见例 1 的第 3 步，17—2=15（因为是向左偏离，所以要减去偏离数）

所以，投 11-11 角度线时，个人必需板数为 6、向左偏离 2 块木板助走的选手，正确站位应在第 15 块木板边缘上。

例 3，投 12-10 开角线时的站立位置。假设：个人必需板数为 7，助走习惯向右偏离 1 块木板。

第 1 步：先将它看成是 10-10 的角度线，计算 10-10 角度线的站位，10+7+1=18。

第 2 步：计算落球点板数与瞄准点板数的差数：12—10=2。

第 3 步：根据 3∶1∶2 原理，落球点移动 1 块板，站位就须移动 2 块，现差数为 2，那么站位就要移动 4 块木板（$1:2=2:x$，$x=4$）。

第 4 步：在 10-10 角度线的情况下是站在第 18 块木板上，现再加上落球点板数与瞄准数板数之间的差数所需移动的木板数，就是正确的站立位置，即：$18+4=22$。

所以投 12-10 角度时，个人必需板数为 7，向右偏离 1 块板，应站在第 22 块木板边缘上。

例 4：投 6-10 闭角时的站立位置。假设：个人必需板数为 7 块，助走向左偏离 1 块板。

第 1 步：同例 3 的第 1 步，$10+7-1=16$。

第 2 步：同例 3 的第 2 步，$6-10=-4$。

第 3 步：同例 3 的第 3 步，$1:2=x:4$，$x=8$。

第 4 步：同例 3 的第 4 步，$16-8=8$。

所以投 6-10 角度时，个人必需板数为 7，助走向左偏离 1 块板，正确的站立位置应在第 8 块木板边缘上。

2. 3∶4∶5 的调整方法

每个球馆提供的球道由于材质不同，加油的距离长度从 6.096～10.44 米（20～40 英尺）不等，上油的方法及球道的使用情况不同，必然会导致每条球道表面油量不均匀的情况，甚至是同一条球道在不同的时间也会有差异，以上这些原因可导致球的滚动、弯曲度与击瓶角度也会随之产生不同的变化，为此，每个选手应及时调整站立位置、落球点、瞄准点的关系，以求得最佳的击瓶效果。

仔细观察优秀选手的比赛，不难发现，选手在利用第 2 山形标记投球，若球比平常弯曲多了 5 片以上，或是相反地变得较少时，就很少会有选手继续使用以第 2 山形标记为瞄准点这种方式来投，即在这样的球道上选手会放弃第 2 山形标记为瞄准点，而更换为其他一次全倒角度。理由是如果直接使用第10块木板，则一次全倒的球瓶动作的关键，也就是球的射入角度太大（太小）所致。所以，我们将3：1：2称为一次全倒的第1次调整，3：4：5称为第二次调整。第1次调整是以第2山形标记为基准来检查球道的速度，其次为选出几个最有效的一次全倒角度，故须有第2次调整技术。

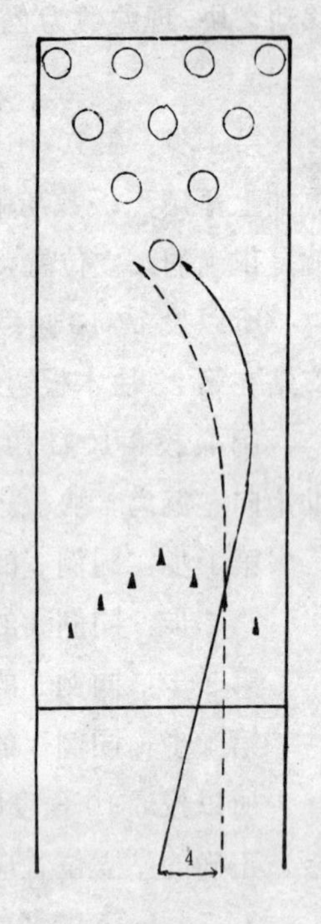

图96　球道稍慢（虚线）要进行修正

计算得出站立位置须向左移动4块木板数

第2次调整（3：4：5）就是把经由第1次调整所调整出的一次全倒路线，调整为更容易击出一次全倒角度的方法。

假设图96是慢6块球道，因此利用第1次调整（3：1：2法），将站立位置向左变更4片木板，仍然利用第2山形标记为瞄准点，而找出新的一次全倒路线，如图96中的实线为修正后的一次全倒路线。图97AP看来似乎很好，但使用第10片木板，球会过度弯曲，在此状况下，如仍维持使用第2山形标记，则进入①—③瓶袋的射入角会太大，影响了全倒机率，这时宜采用3：4：5调整，如图98所示“以口袋P为支点”，找出更容易击出一次全倒的角度。

射入角度过大时，当然具有⑤号瓶能充分弹起的优势，但问题是往往会留下一些奇特的残瓶。例如，典型的例子就是口袋非常薄时的②—⑧—⑩号瓶残瓶（几乎没有二次全倒的机会），或是更薄的①—②—⑩号瓶的残瓶等情形。

要调整过大的射入角度，该怎么调整好呢？如图97所示，在图形上固定P点，移动站立位置时，若从A点朝右移至C点更换站立位置时，入射角度会变得更大，若从A点朝左更换至B点站立位置时，入射角度会减小，以此例子来看，当然要选择左边的方向才是正确的。那么，到底应该朝左移动多少块木板数呢？

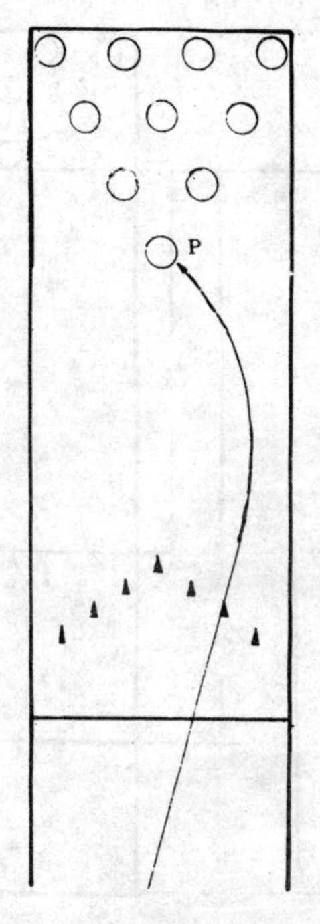

图97　修正后的一次全倒路线

如图98，变更一次全倒路线，以口袋P点为支点，变更目标（山形标记）与站立位置。即距离支点到目标（山形标记）为45英尺，到犯规线为止为60英尺，到站立位置为止为75英尺。因此，45∶60∶75＝3∶4∶5就成立了。故把目标变更3片木板数时，球的落点则应变更4片木板数，站立位置也要相应地移动5片木板数。

虽说是3∶4∶5的比例，但选手不是在每次投球时都会去检查球的落点（即比例中4的部分）。因此实际使用的只有3∶5的部分，即目标改变3片木板，站立位置改变5片木板，如目标从第2山形标记移到第3山形标记，木板数变更5片的情况，则新的站立位置在第x片木板上。根据$3:5=5:x$　$x=\frac{5\times5}{3}=8.33$片，因此，使用第3山形标记时，必须比原来的位置更往左移8.3片（图99），但诸如8.3片等数字的确是非常麻烦的数字。图100可简单介绍倍数移动。

在3∶4∶5的比例处，使用3∶5，但对选手而言，1～2片木板的差距，并不会引起很大的障碍，故3∶5→3∶6＝1∶2。换言之，就比例而言，采用2倍移动的方式较好。把目标从第2山形标记更换成第3山形标记，目标变动5片木板时，$1:2=5:x$

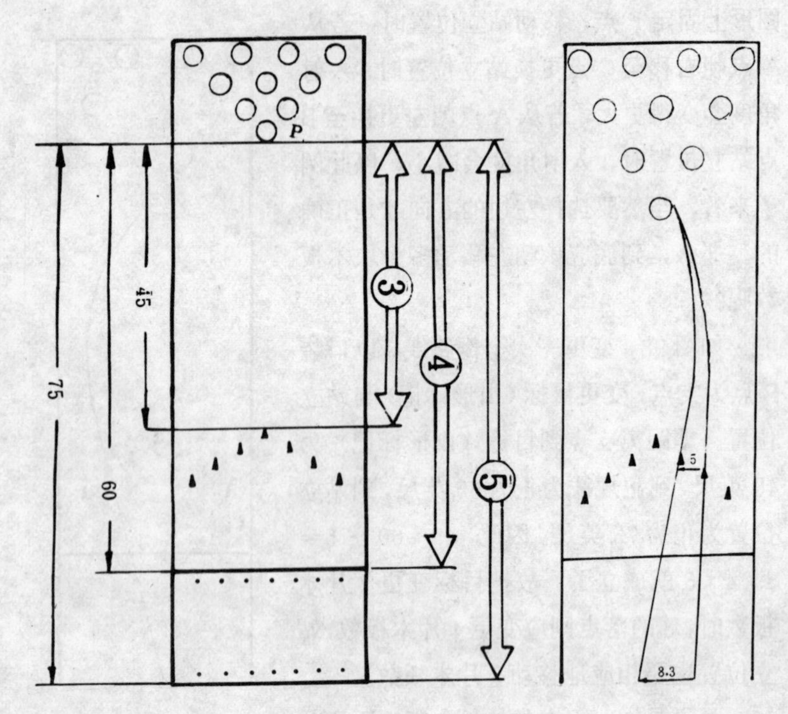

图 98　3∶4∶5 调整方法的理论知识(单位:英尺)

击瓶点不变，只改变击瓶角度，用 3∶4∶5 调整法；瞄准点变更 3 片木板时，球的落点相应移动 4 片木板；站立位置随之也要移动 5 片木板数

图 99　瞄准点与站位的关系

瞄准点移动 5 片，站立位置须移动 8.33 片

$x=10$ 片，换言之，目标变动 5 片时，站立位置为其一倍，就是 10 片……使用这办法可能较方便。

分别介绍了 3∶1∶2 和 3∶4∶5 调整法后，初学者可有较清晰的认识。即 3∶1∶2 调整法是以瞄准点或球员的站立位置为重点的调整方法，而 3∶4∶5 调整方法是以球的击瓶点为重点的调整方法。也就是说，当球从一正确的击瓶点击中球瓶时，却不能获得全中，而且每次击瓶都可能发生这种情况，这时有经验的选

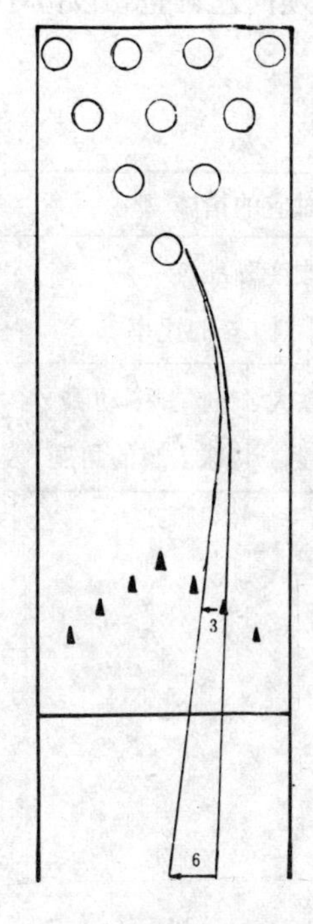

图 100　倍数移动（3∶5 比率）**的简便计算**

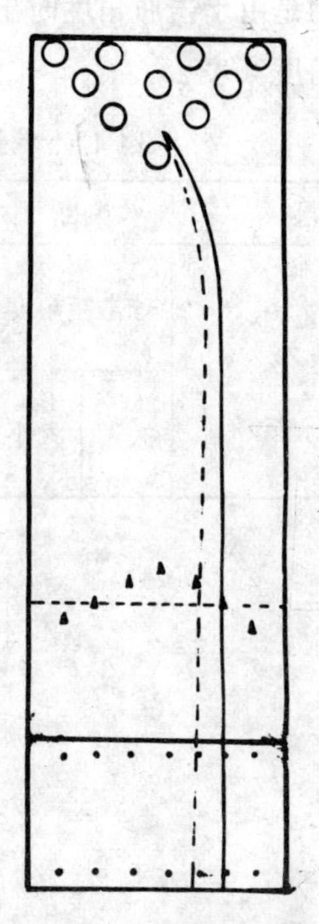

图 101　运用 3∶4∶5 调整法来改变瓶角度

需要增大角度时，应该向右移动；需要减小角度时，应该向左移动

手可通过分析剩余球瓶的位置，得出结论：假如是在击瓶点基本正确的前提下，有余瓶出现，则说明击瓶角度有点偏差，这时选手就会相应增加或减小球击瓶的角度，而击瓶角度的调整都是采用 3∶4∶5 调整法（图 101），所以 3∶4∶5 调整法的目的在于保持相同的击瓶点而达到调整球击瓶角度。为此，球员必须同时同方向地向左或向右移动其站立位置，以调整掷球点和瞄准点。若对剩余球瓶做出判断后发现是由于击瓶角度不足，则必须向右移动站立位置（5 片），掷球点（4 片），瞄准点（3 片）；反之，若剩

余球瓶说明是由于击瓶角度时出现偏差，则须向左调整，以减小球击瓶的角度（表2）。

表2　　　　3∶4∶5调整方法一览表

<table>
<tr><th>结果</th><th colspan="2">判断</th><th colspan="2">对应的措施</th></tr>
<tr><td rowspan="2">球击瓶点正确，但不能获得全倒，留有余瓶</td><td colspan="2">球击瓶角度</td><td colspan="2">改变瞄准点
以3∶4∶5的比率</td></tr>
<tr><td>太大</td><td>太小</td><td>向左移动增大球击瓶的角度</td><td>向右移动减小球击瓶的角度</td></tr>
</table>

六、补中

当第1次投出的球未能全部击倒木瓶，需要通过第2次投球将它们全部击倒，称为补中或再倒。再优秀的选手，也不可能有百分之百的全中率，更何况是初学者或一般水平的球员，所以打好补中是保龄球运动获得高分的重要途径之一，是体现实力的一个指标，它需要高度的技巧和准确的判断。

（一）残瓶的分类

1. 单纯从数字排列上分

虽说只有10支球瓶，假如第1球没能全中的话，出现瓶的残留情况与排列方式极其繁多，若以数学方式做统计，将10支球瓶加以排列组成，您一定会惊讶地发现，竟有1023种之多（表3）。在这一千多种的残瓶的排列中，有249种的组合最容易碰到，有774种的组合是不会发生或极少出现的。如：④—⑤—⑥，⑦—⑧—⑨等的组合。在各种补中瓶结合中，残留的木瓶之间斜向有空缺，横向有间隔（但必须是1号瓶被击倒），称为分瓶。

表3　　1023种可能发生的补中瓶分类

补中瓶数	可能发生的补中瓶数	容易发生的补中瓶数	不易发生的补中瓶数
1	10	10	0
2	45	45	0
3	120	64	56

续表

补中瓶数	可能发生的补中瓶数	容易发生的补中瓶数	不易发生的补中瓶数
4	210	77	133
5	252	36	216
6	210	8	202
7	120	4	116
8	45	2	43
9	10	2	8
10	1	1	0
合计	1023	249	774

2. 以补中的难易程度分

在1023种中，其中分瓶点459种。而在459种的分瓶中，只有98种是比较容易出现的，假如再对这98种常见的分瓶按补中难易的程度分类如下，我们就有了大体的了解。选手也可按类进行研究，练习那些可以补中和补中的最佳方法，做到熟练掌握，今后无论在何时碰到类似的分瓶组合时，就不必再思考如何补中，而只需考虑打出这种分瓶的原因，进行补中，并在下次投球时尽量避免出现这种分瓶就可以了。

98种可能发生的分瓶按补中难易程度分类如下。

(1) 18种可以补中的分瓶

②—③，②—⑦，②—⑨，③—⑧，③—⑩，④—⑤，④—⑥，⑤—⑥，⑦—⑧，⑨—⑩；②—⑤—⑦，③—⑤—⑩，④—⑤—⑦，④—⑤—⑧，⑤—⑥—⑨，⑤—⑥—⑩；④—⑤—⑦—⑧，⑤—⑥—⑨—⑩。

(2) 32种难补中的分瓶

②—⑥，③—④，④—⑨，⑤—⑦，⑤—⑩，⑥—⑧；②—

⑦—⑧，②—⑦—⑨，③—⑧—⑩，③—⑨—⑩，④—⑤—⑩，④—⑦—⑨，⑤—⑥—⑦，⑤—⑦—⑨，⑤—⑧—⑩，⑥—⑧—⑩；②—④—⑤—⑩，②—④—⑥—⑦，②—④—⑥—⑩，②—⑤—⑦—⑧，②—⑥—⑦—⑩，③—④—⑥—⑦，③—④—⑥—⑩，③—④—⑦—⑩；③—⑤—⑥—⑦，③—⑤—⑨—⑩，④—⑤—⑦—⑩，⑤—⑥—⑦—⑩；②—④—⑤—⑧—⑩，②—④—⑥—⑦—⑩，③—④—⑥—⑦—⑩，③—⑤—⑥—⑦—⑩。

(3) 24 种较难补中的分瓶

②—⑩，③—⑦，④—⑩，⑥—⑦；②—④—⑩，②—⑦—⑩，③—⑥—⑦，③—⑦—⑩，④—⑦—⑩，④—⑧—⑩，④—⑨—⑩，⑥—⑦—⑧，⑥—⑦—⑨，⑥—⑦—⑩；②—④—⑦—⑩，②—⑦—⑨—⑩，③—⑥—⑦—⑩，③—⑦—⑧—⑩，④—⑦—⑧—⑩，④—⑦—⑨—⑩，⑥—⑦—⑧—⑩，⑥—⑦—⑨—⑩；②—④—⑦—⑨—⑩，③—⑥—⑦—⑧—⑩。

(4) 24 种极难补中的分瓶

④—⑥，⑦—⑨，⑦—⑩，⑧—⑩；②—⑧—⑩，③—⑦—⑨，④—⑥—⑦，④—⑥—⑩，⑤—⑦—⑩，⑦—⑧—⑩，⑦—⑨—⑩；②—④—⑧—⑩，②—⑦—⑧—⑩，③—⑥—⑦—⑨，③—⑦—⑨—⑩，④—⑥—⑦—⑧，④—⑥—⑦—⑨，④—⑥—⑦—⑩，④—⑥—⑧—⑩，④—⑥—⑨—⑩；②—④—⑦—⑧—⑩，③—⑥—⑦—⑨—⑩，④—⑥—⑦—⑧—⑩，④—⑥—⑦—⑨—⑩；⑤—⑦—⑩应另成一组，不在上述 98 种分瓶组内。

3. 以残瓶分布区域分类

如图 102，一般可将补中瓶分布情况分为左、中、右三个区域，如左区的①—②—④—⑦—⑧，右区的①—③—⑥—⑨—⑩，中区的⑤—⑧，①—⑤—⑨。一般分布在左区的补中瓶，可以从助走道右侧投球；分布在右区的补中瓶，可从助走道左侧投球；分布在中区的，则可采用正面投球，见图85。

7 8 9 10
4 5 6
L 2 3 R
1
M

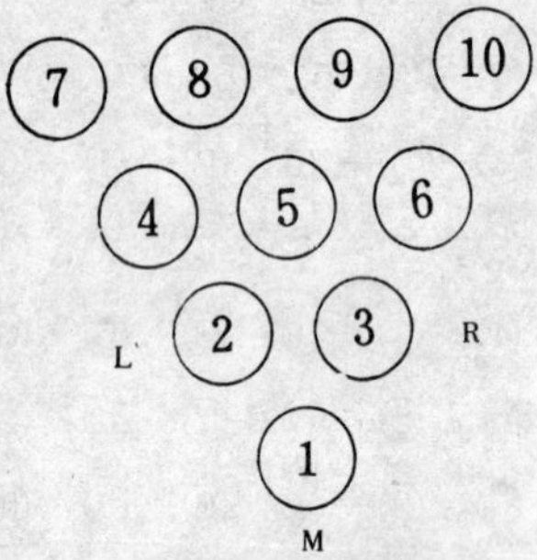

图102　残瓶分布的区域

L．左区：①—②—④—⑦—⑧；M．中区：①—⑤—⑧，①—⑤—⑨；R．右区：①—③—⑥—⑨—⑩

（二）投补中球的基本战略

面对这么多种的残瓶组合，有剩1支的残瓶、也有剩2支或2支以上的残瓶，甚至是10支球瓶（由于第1次投球犯规或失误），如何调整好击球路线和站立位置，将所有残留瓶全部击倒？可有如下几种打法。

1．补中瓶只有1个球瓶的打法

它共有10个可能，打法也相对比较容易，只要调整好投球路线和投球方法得当，补中率可达100%。

2．补中瓶10支或5支以上的打法

面对10支球瓶的补中，无疑还是采用全中球的打法。其实在保龄球运动中，普遍认为：只要是补中瓶是在5支以上的瓶组，几乎都可采用全中球的打法。

3．补中瓶是2支或2支以上的残瓶打法

（1）难于补中的2支或2支以上残瓶的打法

遇到这种分瓶组合，则要考虑多击倒瓶，以多击倒瓶为上策，多得分，否则将损失总分，有时就是一分之差决胜负。

（2）易于补中的2支或2支以上的残瓶打法

①关键瓶：首先要了解球瓶倒下的原理，这在全倒时已讲过，球瓶是因为相互连锁运动而倒。再则要取得补中，必须判断球瓶的动向，找出关键瓶。整个瓶台是一个倒立的正三角形，我们可以将它视为三个小三角形瓶台（图103）。不管剩几瓶，都将最前

面的球瓶假想做①号瓶。也就是说，无论任何场合，都想成有一个三角形，往那个球袋投去就是。比方说把这个三角形假定为：如能击中③—⑥号瓶间或②—⑤瓶间，与全倒同样原理，剩下的球瓶也会全部倒下，整个瓶台也可以看作是由 6 个三角形组成（图 104），10 支球瓶，再细分成 6 个小三角形的攻击法，即将①、②、③、④、⑤、⑥各瓶当作顶柱看。

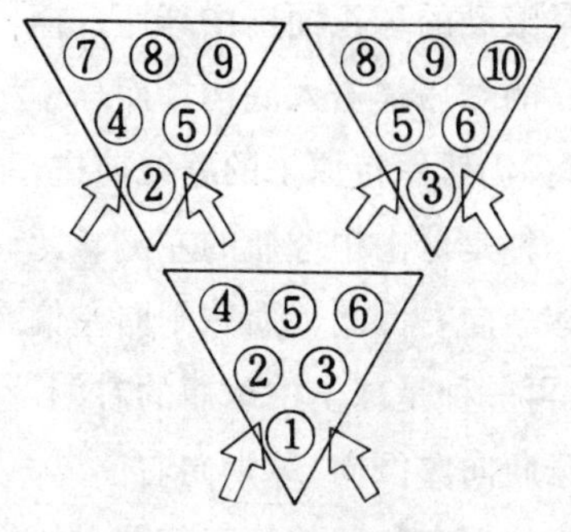

图 103　三等分三角形

把③②①等小三角形当做（保龄球）的 1 号柱来想（顶柱）

绝大多数的关键瓶，往往是补中瓶组中与选手距离最近的一支瓶，例如⑤—⑧，⑤—⑨瓶组中，⑤号瓶是关键瓶。但有时也须有缺位的想象中的关键瓶，例如④—⑤分瓶中，想象中的关键瓶是②号瓶；③—⑩分瓶中，想象中的关键瓶是⑥号瓶，碰到这两种瓶组，瞄准点应是缺位的②号瓶和⑥号瓶。

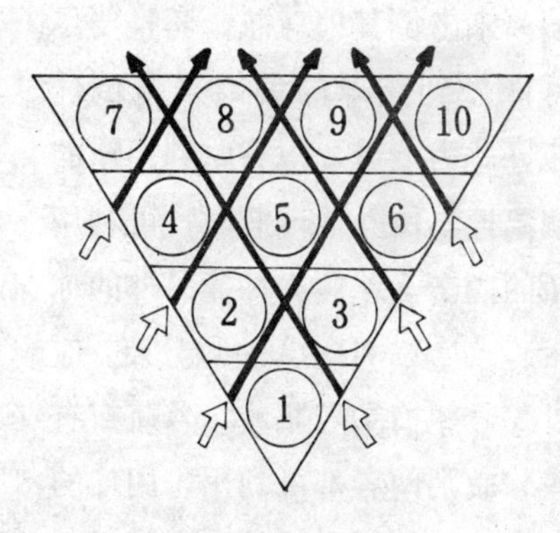

图 104　6 个小三角形

设定球瓶有 3 支来投，目标范围就会扩大，击球才会更准确

②撞击点：选好了关键瓶，接着就应思考撞击点，因为撞击点关系到瓶的倒向和球的偏离方向。在每一组补中瓶中，有一个也可能有两个点的撞击点，有时也可能左、右手球员都是那个撞击点。一般瓶的倒向和球的偏离关系有如下三种情况（图 105）；一

种是滚动的球正面击中球瓶，撞击后的球瓶被击入底沟，而球不偏离，仍然保持原来的路线前进；另一种是球击中球瓶的左侧，此时球瓶向右倒向，而球则向左偏离；再一种是球击中球瓶的右侧，使球瓶向左倒向，球则向右偏离。球瓶的倒向和球的偏离范围一般由球的重量、球瓶重量、球速、球击瓶的角度、球的提力和旋转程度而决定。

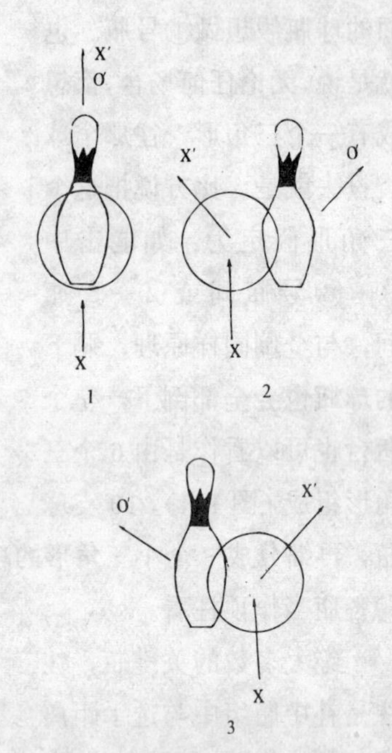

图 105　球击瓶的三种情况

X. 来球方向　X′. 球偏离方向　O′. 瓶偏离方向

1. 正面撞击，球和球瓶被击入底沟；2. 击球瓶左侧，球瓶向右倒，球向左偏离；3. 击球瓶右侧，球瓶向左倒，球向右偏离

在补中瓶中有时可利用球的偏离来击倒其他球瓶，而且要尽可能做到用球的偏离来击倒球瓶，此为上策，但有时利用球的偏离撞不倒其他球瓶时，可利用瓶的撞击（球瓶去冲撞另外的球瓶），如⑤—⑦、⑤—⑩分瓶，应以⑤号瓶撞⑦号瓶或⑩号瓶。有些分瓶则两者都可利用，用球的偏离也行，用瓶的偏离也行，如③—⑩分瓶，一种方式是让球击在③号瓶的最右侧，然后球偏向右滚动，击倒⑩号瓶；另一种方式是击③号瓶的左侧，用③号瓶倒向偏离去撞击⑩号瓶而补中。像这种用瓶或球的偏离都行的现象，仍应以球的偏离去击⑩号瓶为妥。

③投球基本角度：决定了关键瓶，考虑了撞击点。此时就必须再考虑球该以什么角度滚向撞击点。前面提过，根据残瓶在球

瓶区的位置，可分左、中、右三个区域，这样打补中瓶就有以下三个基本角度可供选用。

中间角（⑤号瓶角度）：位置在助走道中央偏右，①号瓶和⑤号瓶为关键瓶时用这个角（图 106A）。

右侧角（⑦号瓶角度）：位置在助走道极右侧，补中瓶在左侧时用这个角（图 106B）。

左侧角（⑩号瓶角度）：位置在助走道极左侧，补中瓶在右侧时用这个角（图 106C）。

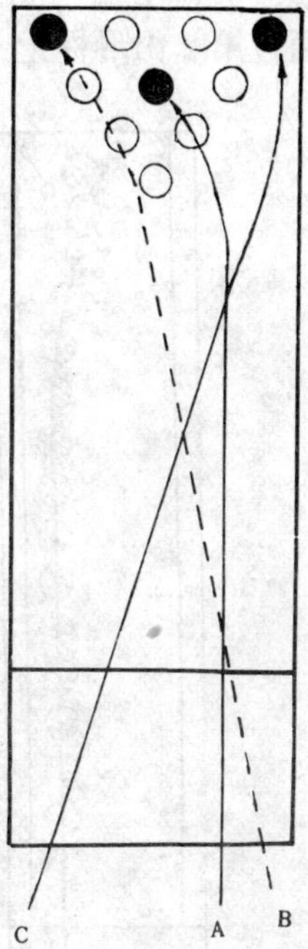

图 106　投球三个基本角度

A. ⑤号瓶角度；B. ⑦号瓶角度；C. ⑩号瓶角度

（三）补中调整方法

1. 3∶6∶9 补中调整法

所谓 3∶6∶9 补中调整，就是球员为了击中不同位置的关键瓶，必须从全中站立位置或是从击⑩号瓶的站立位置，向右边移动 3 块、6 块或 9 块木板，以求取得二次击中的最大概率。现就右投者关键瓶二次全中的 3∶6∶9 调整方法介绍如下。

（1）球瓶留在球道中央

若球瓶留在球道中央（⑤号瓶角度），则关键瓶为①号瓶或⑤号瓶，就运用全中的站立位置，瞄准点（第 2 山形箭头）仍保持不变（图 107）。

（2）球瓶留在球道左侧

若球瓶留在球道左侧（⑦号瓶角度），开始的站立位置以全倒的站立位置为基准，按照以下的要领，朝右移动相应的板数，让球通过第 2 山形标记（图 108），则有如下三种方法。

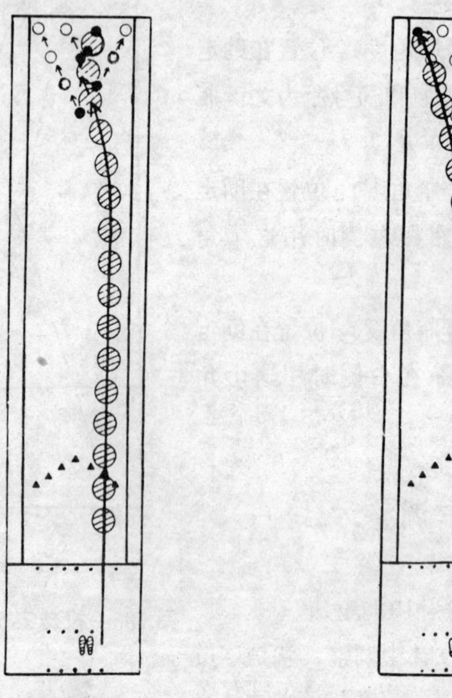

图 107　⑤号瓶的二次全倒角度　　图 108　⑦号瓶的二次全倒角度

第 1 种：以②号瓶或⑧号瓶为关键瓶时，从全中的站立位置朝右移动 3 片木板，让球通过第 2 山形标记（图 109C）。

第 2 种：以④号瓶为关键瓶时，由全中的站立位置向右移动 6 片木板，通过第 2 山形标记（图 109B）。

第 3 种：以⑦号瓶为关键瓶时，则从投全中时的站立位置向右移动 9 块木板，还是通过第 2 山形标记（图 109A）。

（3）球瓶留在球道右侧

若球瓶留在球道右侧（⑩号瓶角度），以第 3 山形标记为瞄

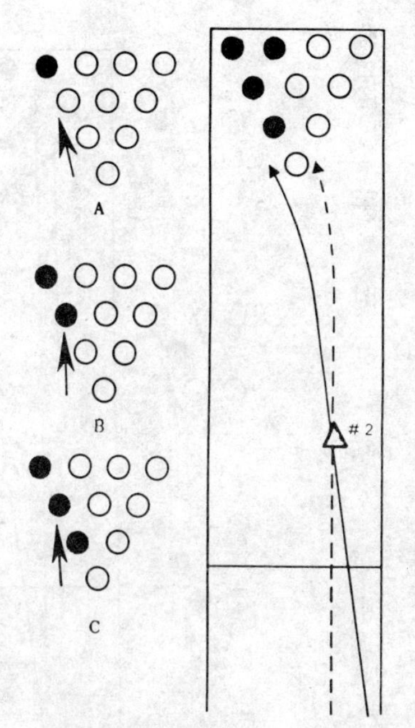

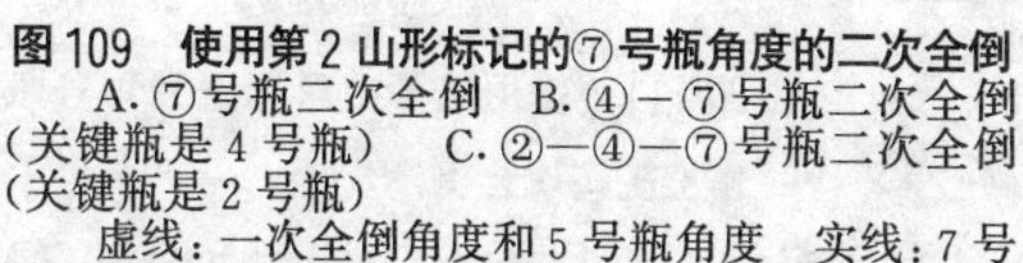
图 109　使用第 2 山形标记的⑦号瓶角度的二次全倒
A. ⑦号瓶二次全倒　B. ④－⑦号瓶二次全倒（关键瓶是 4 号瓶）　C. ②—④—⑦号瓶二次全倒（关键瓶是 2 号瓶）
虚线：一次全倒角度和 5 号瓶角度　实线：7 号瓶角度
瞄准点是用第 2 山形标记

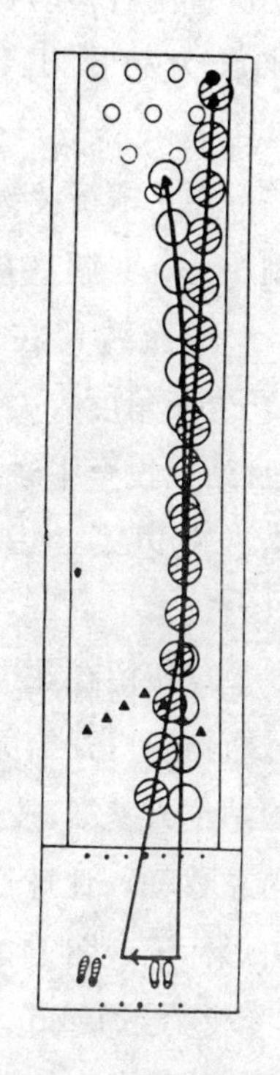

图 110　⑩号瓶角度（左投者）

准点，开始的站立位置以⑩号瓶为基准点（图 110），按照以下要领往右移动。

第 1 种：测定以通过第 3 山形标记为瞄准点时补中⑩号瓶时的站立位置，或以简便起见，直接从全中的站立位置向左移动 15 块木板（图 111A）。

第 2 种：以⑥号瓶为关键瓶时：由补⑩号瓶时的站立位置向右移动 3 片木板，通过第 3 山形标记（图 111B）。

第 3 种：以③号瓶或⑨号瓶为关键瓶时；从补⑩号瓶时的站

立位置向右移动6片木板，瞄准点为第3山形标记（图111C）。

左手球员关键瓶的二次全倒3：6：9调整方法如下。

球瓶残留在球道中央时（⑤号瓶角度），关键瓶为①、⑤瓶，站在投全中时的站立位置，瞄准左边第2山形标记（图112）。

球瓶留在球道右侧时（⑩号瓶角度）：开始位置以投全中的站位为基准，按照以下要领，向左移动，让球通过左边第2山形标记（图113）。

③号瓶或⑨号瓶为关键瓶：从投全中的站位往左移动3片木板，让球通过左第2山形标记。

⑥号瓶为关键瓶：由投全中的站位向左移动6片木板，让球通过左第2山形标记。

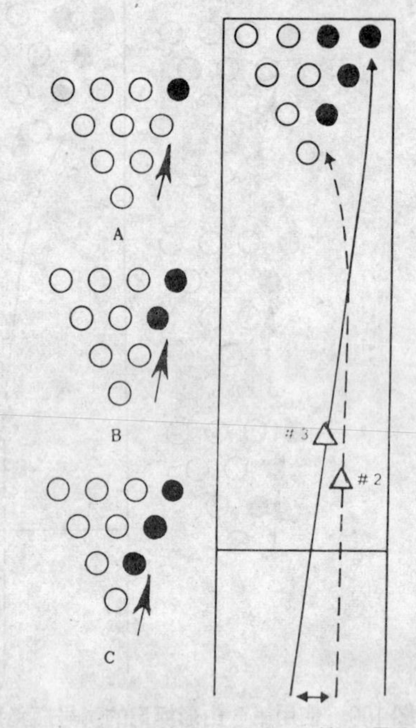

图111　使用第3山形标记的⑩号瓶角度的二次全倒

A.⑩号瓶二次全倒　B.⑥—⑩号瓶二次全倒　C.③—⑥—⑩号瓶二次全倒

实线：10号瓶角度，瞄准点第3山形标记；虚线：5号瓶角度，瞄准点第2山形标记

⑩号瓶为关键瓶：由投全中的站位往左移动9片木板，让球通过左第2山形标记。

球瓶留在球道左侧的情形（⑦号瓶角度），则目标标记为左第3山形标记，以能够打到①号瓶的站立方式为基准，按照以下的要领往右移动（图114）。

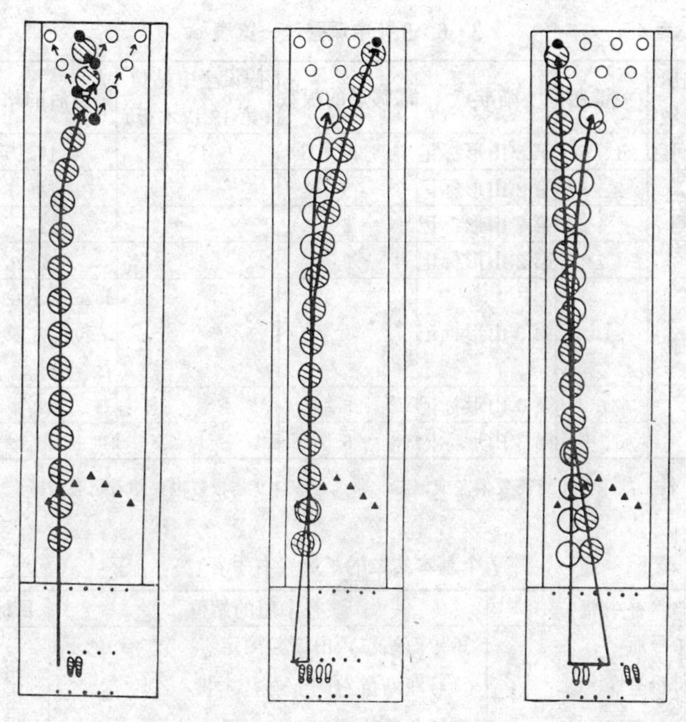

图 112　⑤号瓶角度（左投者）　图 113　⑩号瓶二次全倒角度（左投者）　图 114　⑦号瓶角度二次全倒角度（左投者）

⑦号瓶角度：测定由投全中时的站位向右移动 15 片木板，瞄准点为左第 3 山形标记。

④号瓶为关键瓶：由⑦号瓶角度的站立位置，往左移动 3 片木板，让球通过左第 3 山形标记。

②号瓶或⑧号瓶为关键瓶：从⑦号瓶角度的站位往左移动 6 片木板，让球通过第 3 山形标记。

介绍了 3∶6∶9 补中调整方法，现在简单整理如表 4 所示，7 个基本站位的扩展见表 5。站立位置调整见图 115。左、右区补中的基本站立位置见图 116。

表4　　　　　　3：6：9补中调整法一览表

残瓶区域	关键瓶	瞄准点	需移动的板数	假设全中站位（第17块木板）	调整后的站位
中间区	1、5	第2山形标记	0	17	17
左侧区	2、8	第2山形标记	3		14
	4	第2山形标记	6		11
	7	第2山形标记	9		8
右侧区	10	第3山形标记			测定或从全中站位向左移动15片为32片
	6	第3山形标记	3		29
	3、9	第3山形标记	6		26

注：如果撞击点需要偏左或偏右，那么3：6：9木板数也要随着稍有增减

表5　　　　　　7个基本站位的扩展（右手者）

补中瓶位	该补中瓶的站位	目标
*⑩号瓶	⑩号瓶站位，由试验测定	用击⑩号瓶的目标
正对⑩号瓶	⑩号瓶站位右侧$1\frac{1}{2}$片木板	
*⑥号瓶	⑩号瓶站位右侧3片木板	
正对⑥号瓶	⑩号瓶站位右侧$4\frac{1}{2}$片木板	
*③号瓶、⑨号瓶	⑩号瓶站位右侧6片木板	
正对③号瓶和⑨号瓶	⑩号瓶站位右侧$7\frac{1}{2}$片木板	
*①号瓶和⑤号瓶	全中球站位，由试验测定	用打全中球的目标
正对①、⑤号瓶	全中球站位右侧$1\frac{1}{2}$片木板	
*②、⑧号瓶	全中球站位右侧3片木板	
正对②、⑧号瓶	全中球站位右侧$4\frac{1}{2}$片木板	
*④号瓶	全中球站位右侧6片木板	
正对④号瓶	全中球站位右侧$7\frac{1}{2}$片木板	
*⑦号瓶	全中球站位右侧9片木板	
正对⑦号瓶	全中球站位右侧$10\frac{1}{2}$片木板	

注：有“*”符号的是7个基本站位，其他是该7个基本站位的扩展

2. 2：4：6 补中调整方法

所谓 2：4：6 补中调整方法和 3：6：9 补中调整方法一样，也是选手为了击中不同位置的关键瓶，需要向左移动木板数 2 块、4 块、6 块，以获取二次击中的概率，不过此时移动木板数应该是移动瞄准点的木板数，而站立位置仍保持不变，恰巧与 3：6：9 调整法相反。现就 2：4：6 补中调整法操作方法介绍如下（图 117）。

（1）残瓶在左侧区域

第 1 种：以②号瓶或⑧号瓶为关键瓶，运用全中的站立位置，瞄准点从投全中时用的那瞄准点向左移动 2 片木板（假定全中瞄准点为第 10 片木板，现则为第 12 片木板）。

第 2 种：④号瓶为关键瓶，也是保持全中的站位，瞄准点从投全中时的那点向左移动 4 片木板（现为第 14 片木板）。

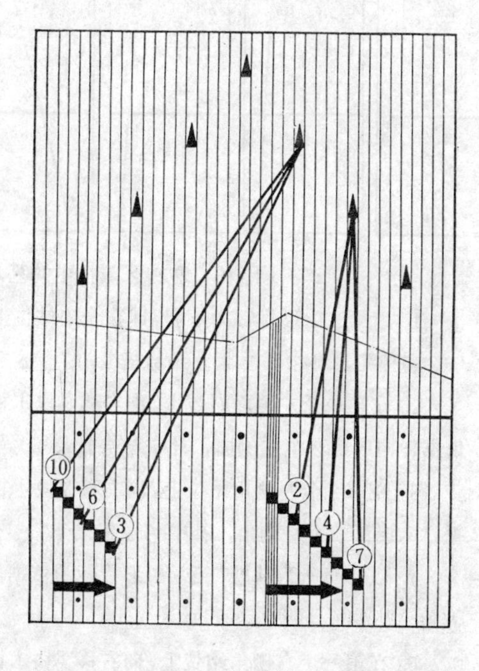

图 115　3：6：9 补中调整法的站位示意图

第 3 种：⑦号瓶为关键瓶，仍保持投全中时的站位，瞄准点向左移动 6 块木板数（现为第 16 块木板）。

（2）残瓶在右侧区域

基于相同的方法，⑩号瓶角度的球瓶，以⑩号角度的站立方式为基准，目标由第 3 山形标记朝左移动 2 片，能够打⑥号瓶二

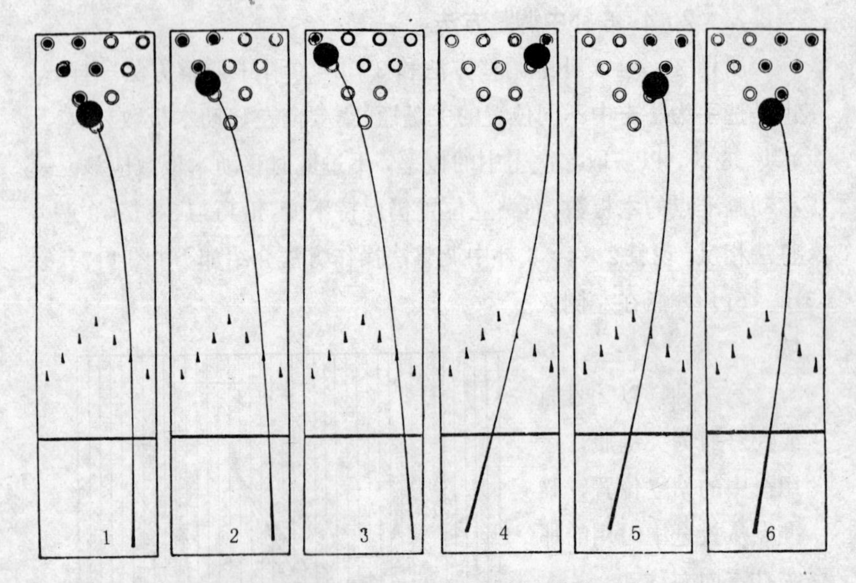

图 116　左右区域补中的基本站位

1. 以第 2 山形目标为依据，即在全中站位上向右移 3 块木板，确定第一个左侧角，补中②号瓶及②号瓶组；

2. 在第一个左侧面站位上，向右移 3 块木板，同样以第 2 山形目标为依据，构成第 2 个左侧面，补中④号瓶及④号瓶组；

3. 在第 2 个左侧角站位上，向右移 3 块木板，仍以第 2 山形目标为依据，构成第 3 个左侧角，补中⑦号瓶；

4. 以⑩号瓶为基准，第 3 山形目标为依据，找出站位，确定第一个右侧角，补中⑩号瓶；

5. 在第一个右侧角站位上，向右移 3 块木板，同样以第 3 山形目标为依据，构成第 2 个右侧角，补中⑥号瓶及⑥号瓶组；

6. 在第 2 个右侧角站位上，向右移 3 块木板，仍然以第 3 山形目标为依据，构成第 3 个右侧角，补中③号瓶及③号瓶组

次全倒；如果是由第 3 山形标记朝左移动 4 片，则能打③号瓶的二次全倒。

介绍了2：4：6补中调整法后，再简单地整理如表6所示。

表6　　2：4：6补中调整法一览表

残瓶区	关键瓶	调整后的瞄准目标（第几块片）	调整前和后所移动的板数（朝左移动）	站立位置	备注
中间	1、5	10	0	17	假定投全中时的站位在第17块木板，瞄准目标为第2山形标记
左侧区	2	12	2	17	
	4	14	4	17	
	7	16	6	17	
右侧区	10	第3山形标记		由测试后决定	
	6	17	2	同上	
	3	19	4	同上	

请仔细地看图118，如果选手以右侧第1山形标记或第1山形标记附近的木板为目标，那么在对付左侧⑦号瓶的补中时，若采用3：6：9补中调整法，站位要朝右移动9块木板是办不到的。在这种情况下，与其采用3：6：9补中调整法，不如用2：4：6补中调整法。此外，如果右边的助走区不是非常滑、很难投球的话，以一次全倒的角度为基准，采用2：4：6方式，掩护⑦号瓶角度的二次全倒也是很好的构想。

3. 第3山形标记（△3）：3补中调整方法

所谓△3：3，是以第3山形标记为瞄准目标，以⑩号瓶为基准，测出正确的站位，然后再根据所需要击中的关键瓶位置，只须从击⑩号瓶的站位向右移动相应的板数，就是调整后应站的位置，瞄准目标仍以第3山形标记为准。相应板数的计算是根据每一个瓶位需向右移动3块木板的原则计算，如⑩号瓶和⑥号瓶只需向右移动3块，而⑩号瓶和③号瓶，就要向右移动6块。因为⑩号瓶和③号瓶相隔2个瓶位，故2×3=6（图119）。

为了读者能更明了，举个例子来说明。假设选手在补⑩号瓶

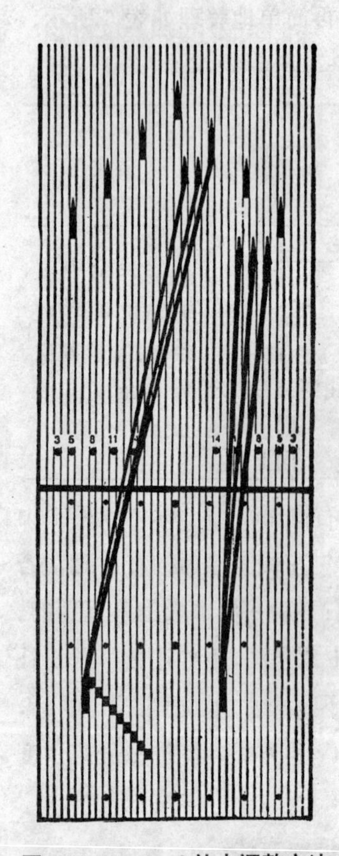

图 117　2∶4∶6 补中调整方法

站立位置不改变（仍然站在投全中球的位置上或是击⑩号瓶的位置上），以改变落球点，使球通过目标箭头处 2 块、4 块、6 块木板进行调整，达到补中目的。只有当采用外侧线和最外侧线投球、左边区域球瓶需要补中时，才使用 2∶4∶6 补中法

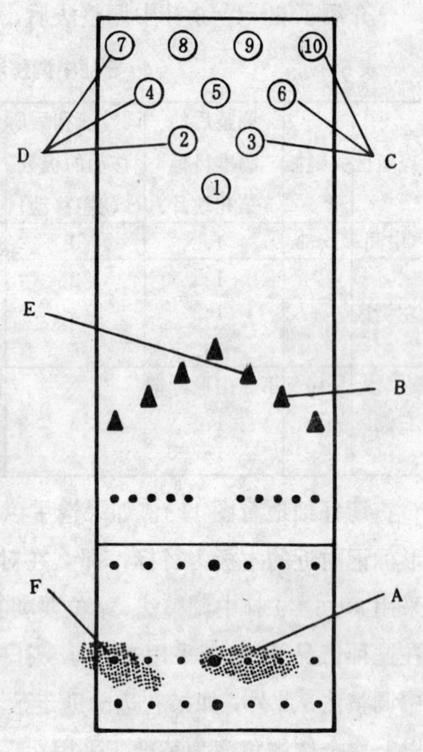

图 118　右投者的 2∶4∶6 二次全倒系统

若右投者在投全中时采用第 1 山形标记，此时要补⑦号瓶，再运用 3∶6∶9 调整就不适宜，而应改用 2∶4∶6 调整法。

A. 一次全倒角度的开始位置　B. 第 2 山形标记，目标指向中央与左侧的二次全倒群　C. 关键瓶 3—6—10 号　D. 关键瓶 2—4—7 号　E. 第 3 山形标记，目标指向右侧的二次全倒群　F. 10 号瓶角度的开始位置时所测出的站位是在第34块木板上，若⑥号瓶为关键瓶时，选手此时的站位需向右移动3块木板，站在第31块（34－3＝31）木板边缘，以第3山形标记为目标进行投球；若以③号瓶为关键瓶，则继续向右移动3块（即从⑥号瓶的站位向右移动3块，即31－3＝28块），或是从⑩号瓶站位向右移6块（34－6＝28块）。如果以①号瓶为关键瓶，同样继续向右移3块（从③号瓶的站位再移3块，28－3＝25块）。或是从⑩号瓶的站位移9块（3×3＝9块，34－9＝25块）。

当出现瓶组时，必须以关键瓶为基准，取两个球瓶（即关键瓶和与它最靠近的一个瓶）的中间数进行移位。例如③—⑥—⑩号瓶组，应站在34－（3＋1.5）＝29.5块木板上的边缘进行投球（一个瓶位3块木板，③—⑥瓶的中间数为1.5块木板）。其他瓶组以此类推。

③—⑨、①—⑤、②—⑧号瓶组都在同一块木板上，但前后有距离，欲求补中应以关键瓶为基准进行投球，③—⑨号瓶站立位置为34－(2×3)＝28块木板边线上，撞击

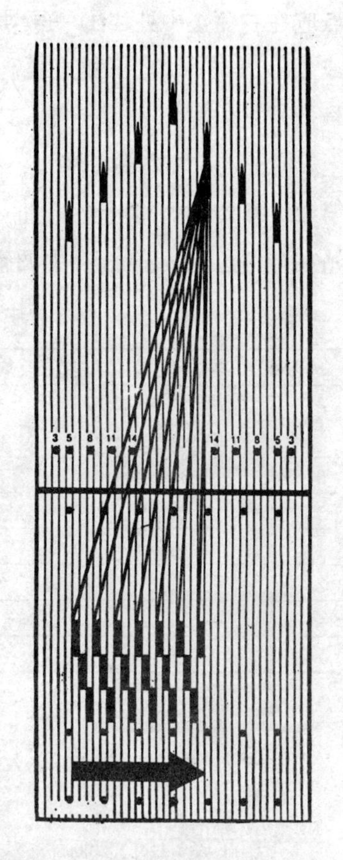

图119　第3山形标记：3调整法示意图

以⑩号瓶为基准、第3山形标记为瞄准点，测试补中⑩号瓶的第1条角度线；然后始终以第3山形标记为瞄准点，每一个瓶位向右移动3块木板(③和⑨、①和⑤、②和⑧都在同一个站位上)，即能补中任何一个木瓶

点应在右侧正中处；①—⑤号瓶站立位置25块（34－3×3＝25，或28－3＝25块）木板边线上，撞击点应在右侧正中处；②—⑧号瓶站立位置为22块（34－3×4＝22或25－3＝22块）木板边线上，撞击点应在右侧正中处。补中⑤、⑧、⑨号瓶时，应在第25、第22、第28块木板上各增加一块木板的移动。补中⑤号瓶也可以站在全中位上。⚠: 3补中调整方法整理如表7所示。

表7　⚠: 3补中调整方法一览表

关键瓶	站立位置	移动板数	每一个瓶位须移动板数	计算方法
10	测试决定，假设在第34块	0	3	
6	31	3	3	34－1×3＝31
3	28	6	3	34－2×3＝28
1	25	9	3	34－3×3＝25
2	22	12	3	34－4×3＝22
4	19	15	3	34－5×3＝19
7	16	18	3	34－6×3＝16

（四）其他调整方法

介绍了全中的二种调整法和补中的三种调整方法，它们都是采用改变角度进行调整，有一点务必注意，角度线的调整方法都是在保持技术动作前后一致的前提下，通过改变站立位置、落球点的板数和瞄准点的板数，求得全中或补中。假若不采用改变角度线来进行调整的话，也可通过改变球速、落球点的距离（球与球道的接触点距犯规线的距离）、球表面的硬度和提钩力，达到调整的目的。

1. 改变球速的调整

球速快的特点：能推迟拐弯的时间，减小成钩的强度。所以，如果球道使球拐弯过早（慢球道）或成钩过于强烈，使球超位，可采用增加球速来调整。

球速慢的特点：拐弯的时间早，增加成钩的强度，如果是遇上不容易成钩的球道（快球道），则可采用降低球速来调整。

至于球速快、慢的衡量标准，前面已经叙述，就不再重复了。

（1）改变球速的方法

①改变准备姿势持球的高度。

②改变助走的速度或步幅。助走快或步幅大，人到犯规线时速度也大，能给球增加出手速度，从而增加球速，反之也相反。

2. 改变落球点距离的调整

增加落距，滑溜距离稍远，推迟拐弯时间；减小落距，滑溜距离近，可提早进入拐弯点。

3. 改变提力（对球作用力）的调整

如果拇指离球过早，中指和无名指将来不及对球施加作用，如果太迟，提力会因拇指在指孔内的拖拉而减小。一般在放球时，中指、无名指在球下部时提力较强，在上部时，提力最小。增加提力，即施加于球的侧面方向的旋转力加强，使球提早进入拐弯点。减小提力，则施加于球的旋转力较弱，推迟进入拐弯点。

4. 改变球表面的硬度的调整

保龄球可根据表面的硬度分软性球、中性球和硬性球，那么选手就依据它们各自的特点，针对不同球道的状况，选择不同表面硬度的保龄球，达到调整的目的。惯用法是快球道上选用软性球，慢球道选用硬性球，中性球道则选用中性球。

现简单介绍除了角度线调整方法外另外几个调整方法，列表如下（表8）。

表8 除角度线调整以外的调整方法

调整方法	易成钩球道	不易成钩球道
球速	加快	减慢
落点距离	增加	减小
提力	减小	增加
球	硬性球	软性球

（五）补中打法技巧示例

1. 中间区补中瓶的打法

一般选①、⑤号瓶为关键瓶，在剩下②、③、⑧、⑨中的任何球瓶时，右手投球者投向①—③瓶袋，左手球员则往①—②瓶袋投（图 120）。

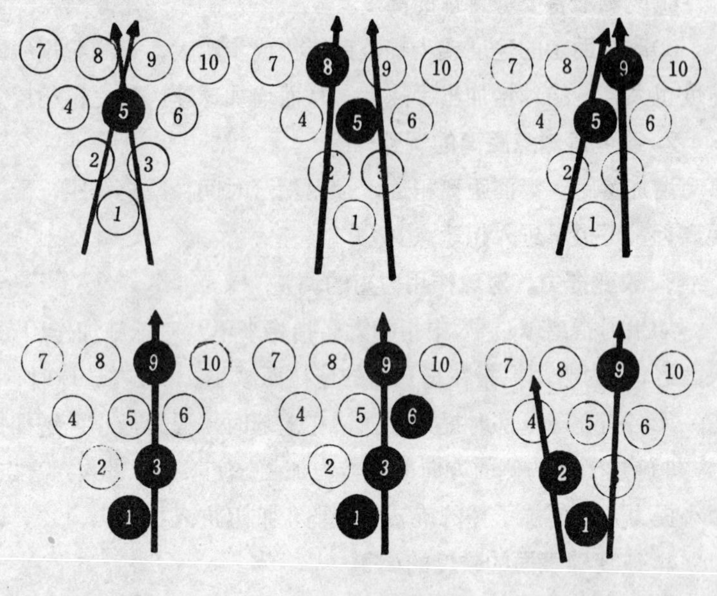

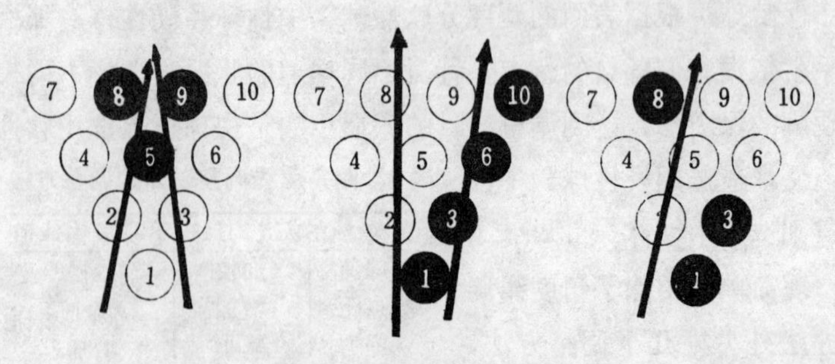

图 120　中间区补中瓶的打法

2. 左侧区域补中瓶的打法

选②号瓶为关键瓶，一般向①—②瓶袋投球，详见图 121，共有如下 16 种情况。

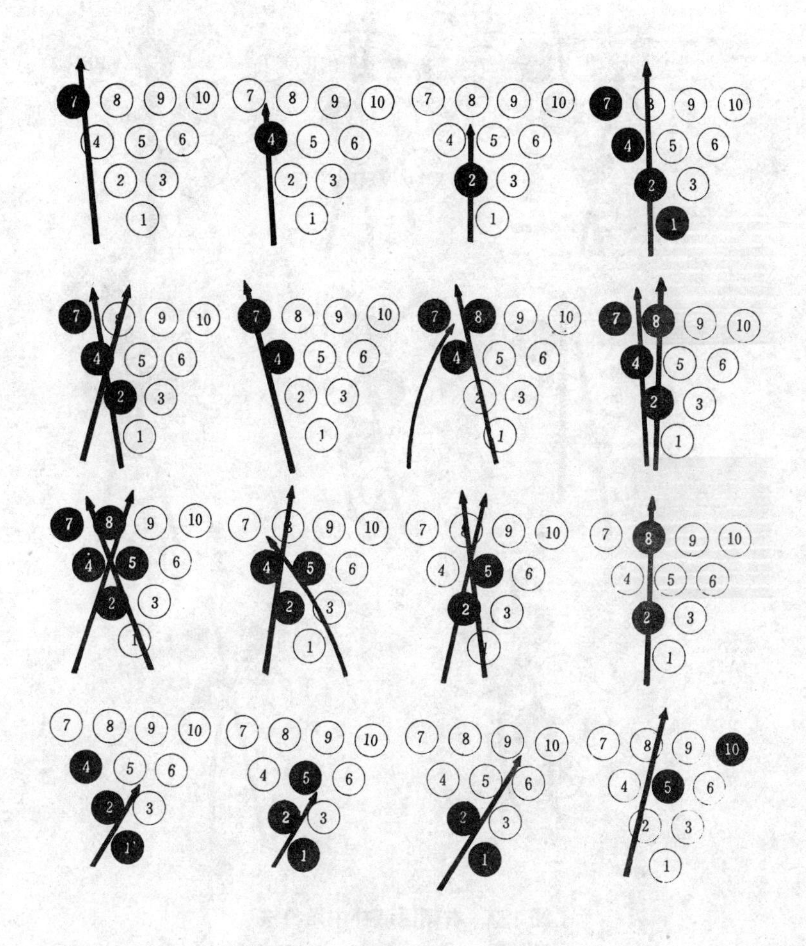

图 121 左侧区域补中瓶的打法

3. 右侧区域补中瓶打法

选③号瓶为关键瓶，详见图 122，共有 8 种情况。

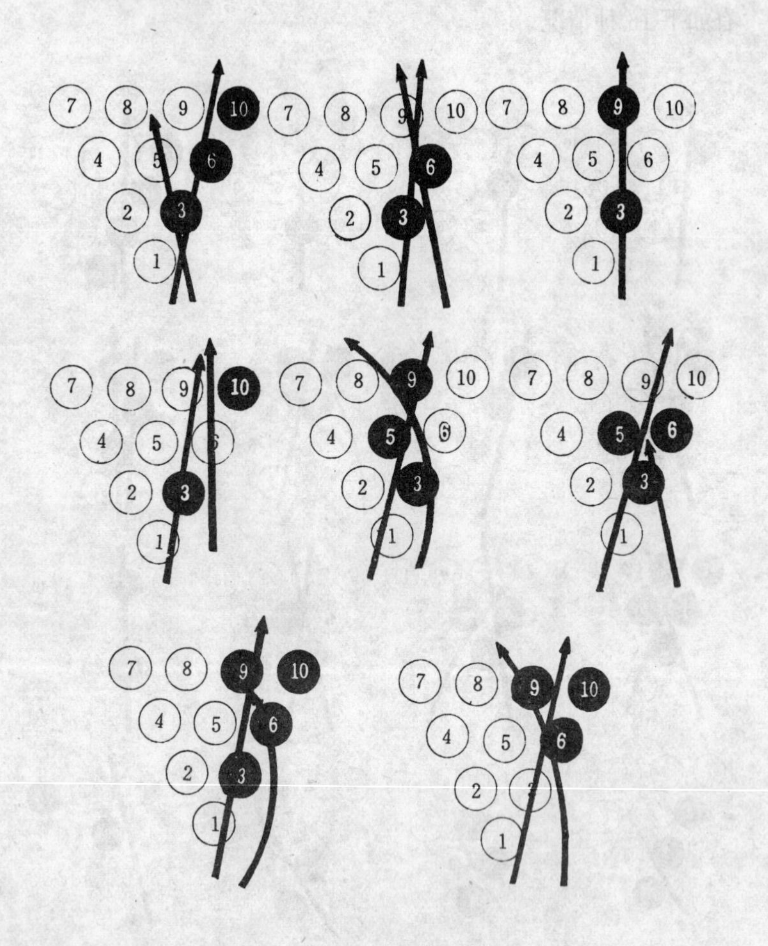

图 122　右侧区域补中瓶打法

4. 常见分瓶的打法

(1) ②—⑦分瓶（图 123）

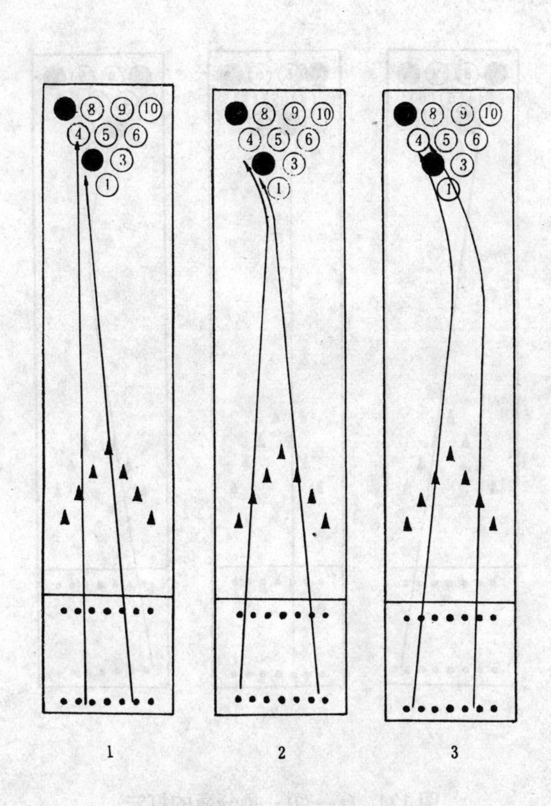

图 123　②—⑦分瓶的打法

1. 飞碟球　2. 钩球　3. 弧线球

1. 用球碰②号瓶的左侧再去碰⑦号瓶

2、3. 打到②号瓶的右侧，用②号瓶去击⑦号瓶

(2) ②—⑦—⑩分瓶（图 124）

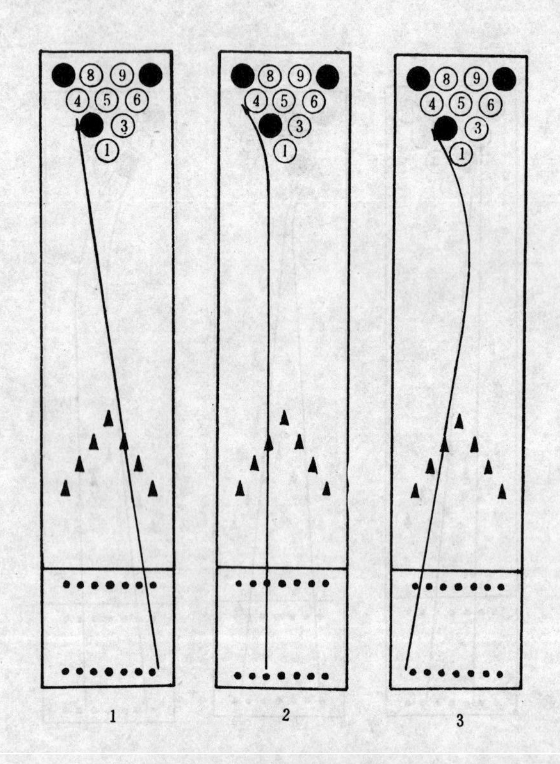

图 124　②—⑦—⑩分瓶的打法

1. 飞碟球　2. 钩球　3. 弧线球

用球击②号瓶的左侧，由倒下的②号瓶去碰⑩号瓶，偏离的球滚向⑦号瓶

（3）②—⑧分瓶（图 125）

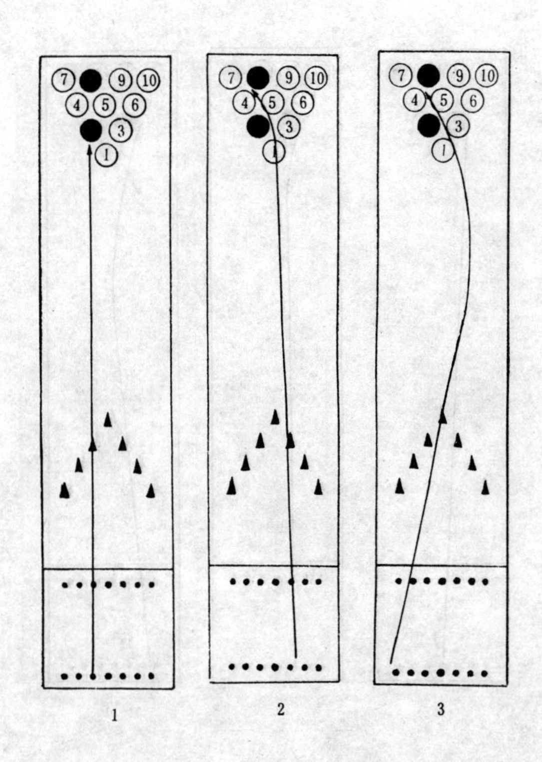

图 125　②—⑧分瓶的打法

1. 飞碟球　2. 钩球　3. 弧线球

1. 飞碟球从正面击②号瓶，使②、⑧号瓶倒下

2、3. 用球碰②号瓶的右侧和⑧号瓶使之倒下

（4）②—⑩分瓶（图 126）

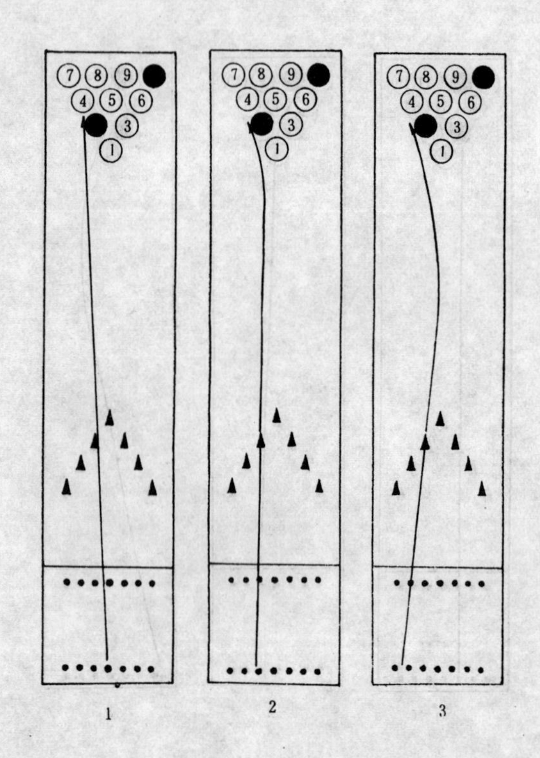

图 126　②—⑩分瓶的打法

1. 飞碟球　2. 钩球　3. 弧线球

用球击②号瓶的左侧，由倒下的②号瓶去冲撞⑩号瓶

（5）③—⑦分瓶（图 127）

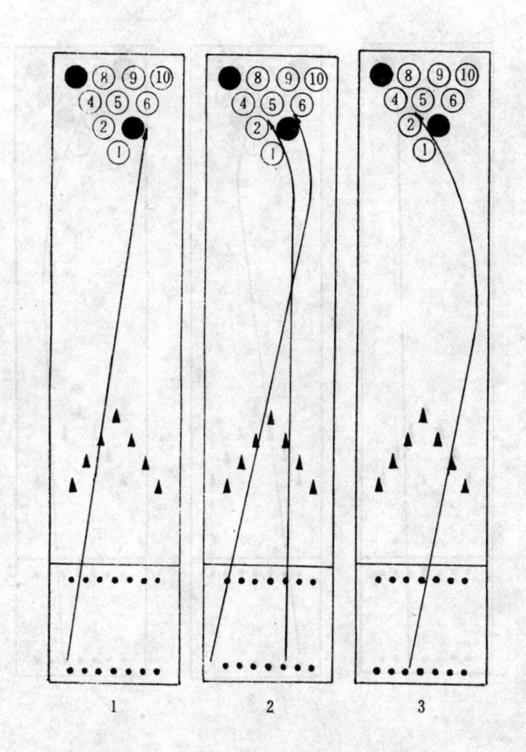

图 127　③—⑦分瓶的打法

1. 飞碟球　2. 钩球　3. 弧线球

用球击③号瓶的右侧，由倒下的③号瓶去碰⑦号瓶

（6）③—⑦—⑩分瓶（图 128）

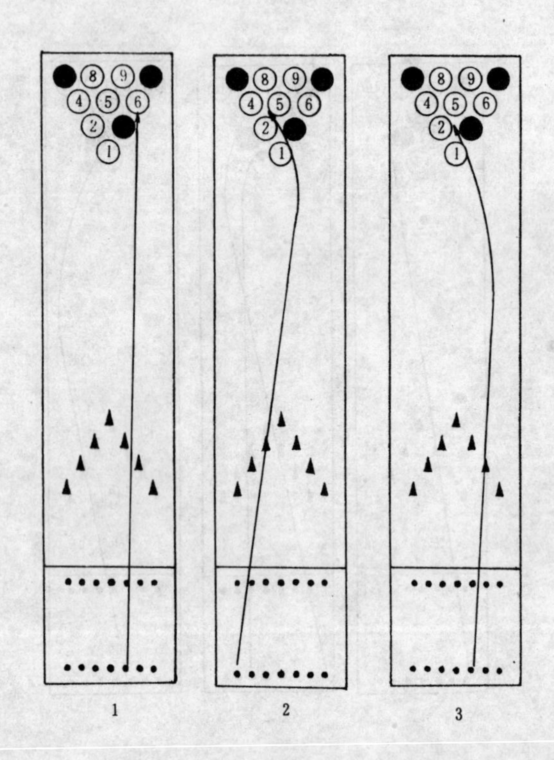

图 128 ③—⑦—⑩分瓶的打法

1. 飞碟球击③号瓶右侧，由③号瓶冲击⑦号瓶，球再碰击⑩号瓶
2. 钩球击③号瓶左侧，由③号瓶冲击⑩号瓶，球撞倒⑦号瓶
3. 弧线球击③号瓶左侧，由③号瓶冲击⑩号瓶，球撞倒⑦号瓶

(7) ③—⑨分瓶（图 129）

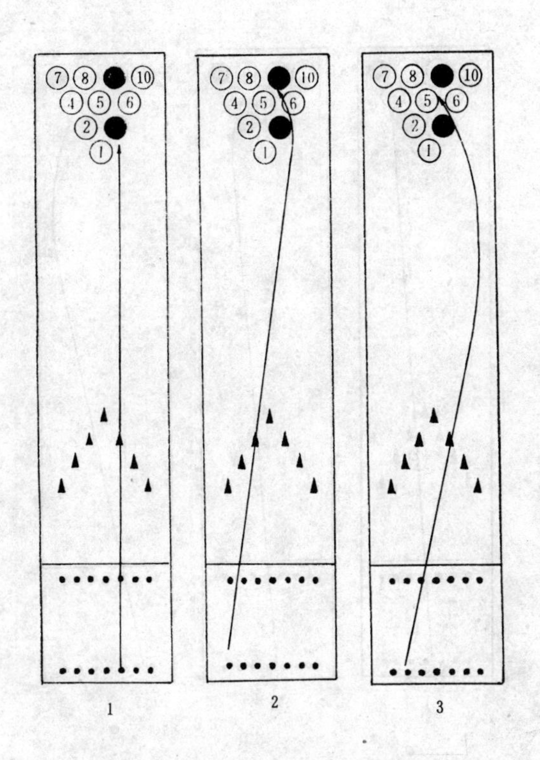

图 129　③—⑨分瓶的打法

1. 飞碟球正面冲击③号瓶和⑨号瓶

2. 用钩球击③号瓶的右大半侧和⑨号瓶

3. 用弧线球击③号瓶的右大半侧和⑨号瓶

（8）③—⑩分瓶（图 130）

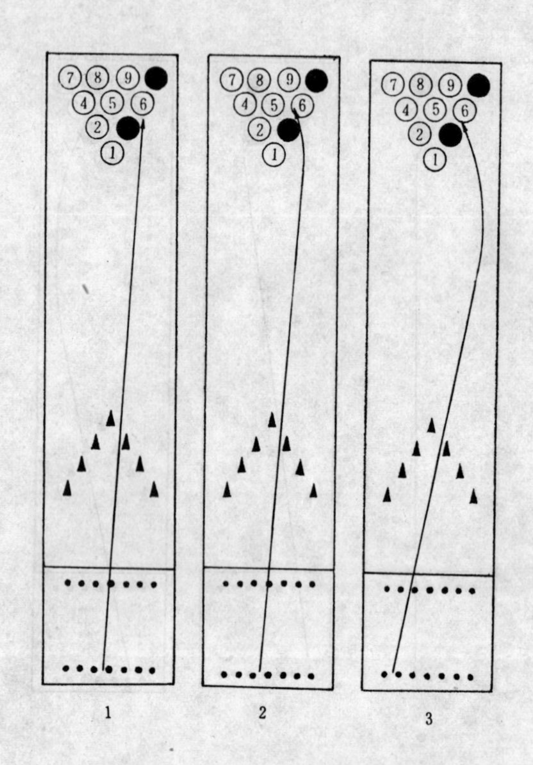

图 130 ③—⑩分瓶的打法

1. 飞碟球 2. 钩球 3. 弧线球

球从③号瓶和⑩号瓶之间通过，用球去击③号瓶和⑩号瓶

(9) ④—⑥分瓶（图 131）

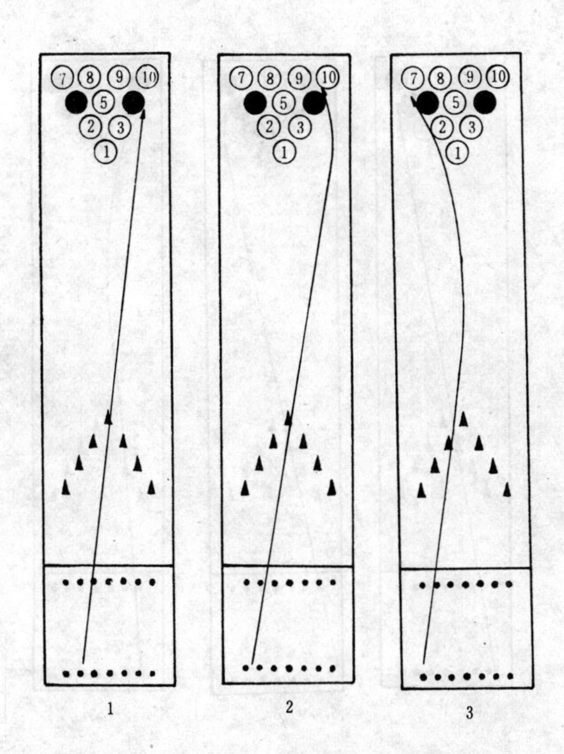

图 131　④—⑥分瓶的打法

1. 飞碟球　2. 钩球　3. 弧线球

球击⑥号瓶的右侧，由倒下的⑥号瓶去碰倒④号瓶或球从左侧击倒③号瓶后，偏离击倒⑦号瓶

（10）④—⑥—⑦—⑩分瓶（图 132）

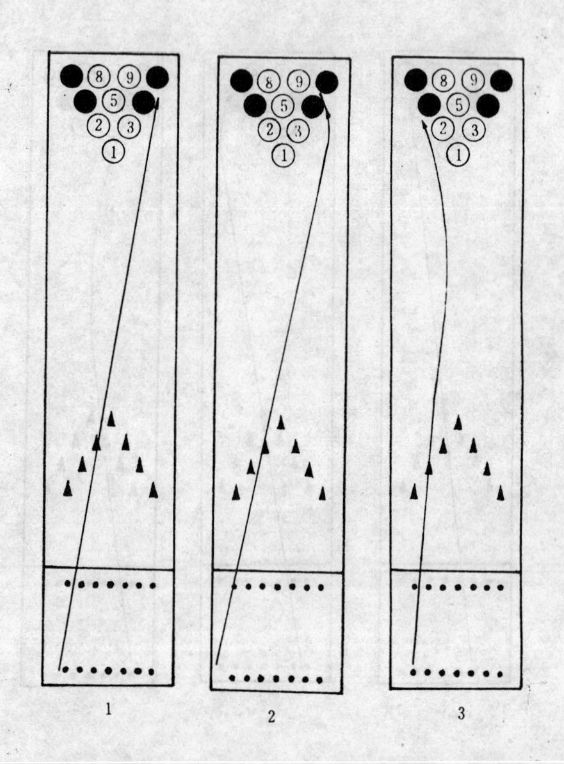

图 132 ④—⑦—⑥—⑩分瓶的打法

1. 飞碟球　2. 钩球　3. 弧线球

1、2. 击⑥号瓶的右侧，由倒下的⑥号瓶去击④号瓶和⑦号瓶，而偏离的球去击⑩号瓶　3. 与 1、2 相反

（11）④—⑦—⑨分瓶（图 133）

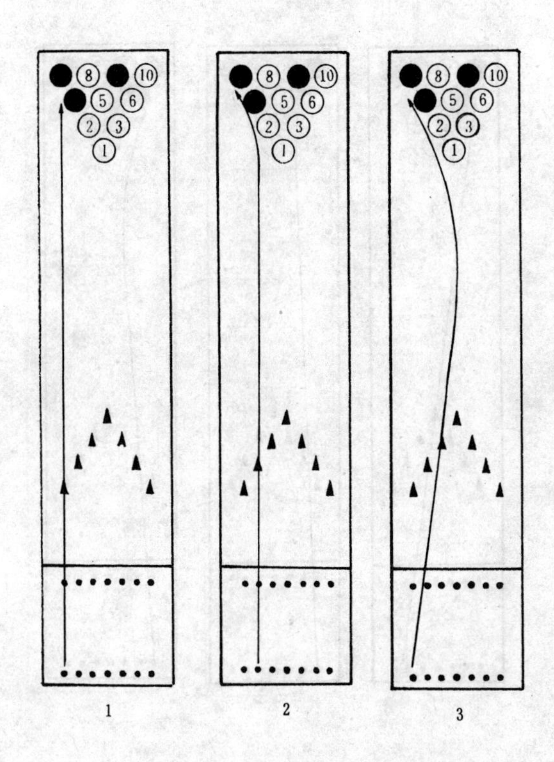

图 133　④—⑦—⑨分瓶的打法

1. 飞碟球　2. 钩球　3. 弧线球

用球击④号瓶左侧，倒下的④号瓶撞⑨号瓶，球撞击⑦号瓶

（12）④—⑦—⑩分瓶（图 134）

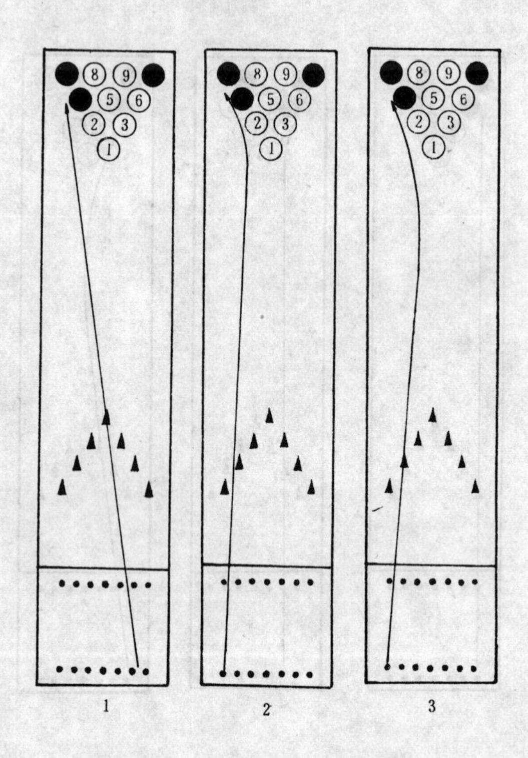

图 134 ④—⑦—⑩分瓶的打法

球擦④号瓶左边，由倒下的④号瓶弹跳击⑩号瓶，偏离的球碰撞⑦号瓶

（13）④—⑩分瓶（图 135）

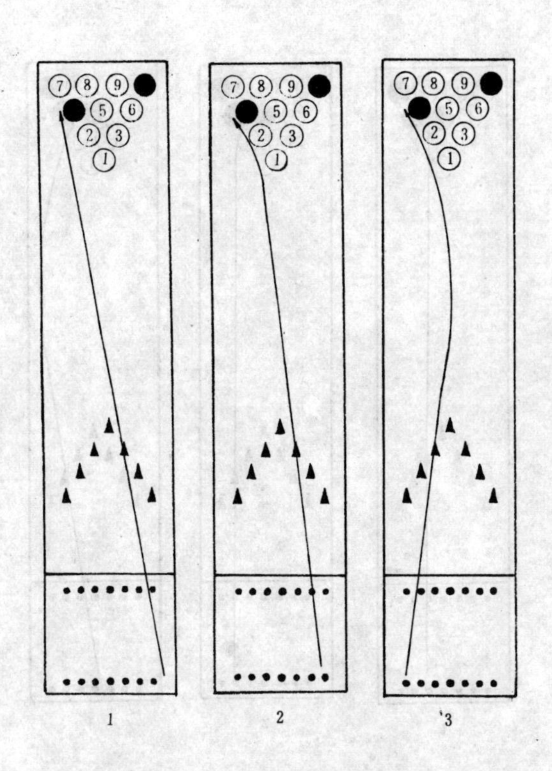

图 135 ④—⑩分瓶的打法

1. 飞碟球 2. 钩球 3. 弧线球

击④号瓶的左边，由④号瓶倒下弹击⑩号瓶

（14）⑤—⑥—⑩分瓶（图 136）

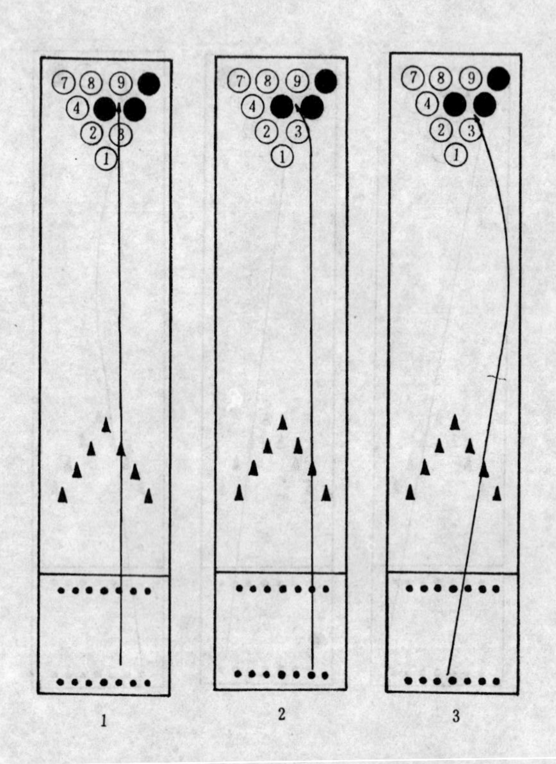

图 136　⑤—⑥—⑩分瓶的打法

1. 飞碟球　2. 钩球　3. 弧线球

球从⑤、⑥号瓶之间穿过，偏向⑥号瓶左侧的大半边，由⑥号瓶弹击⑩号瓶

(15）⑤—⑦分瓶（图 137）

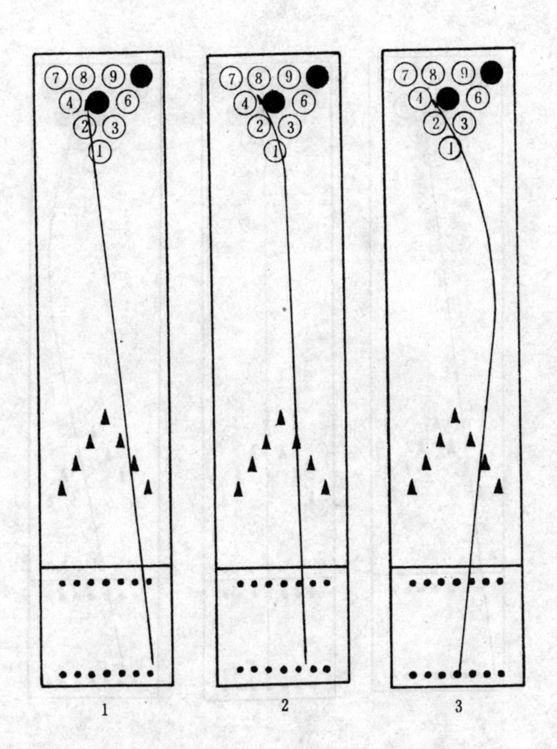

图 137　⑤—⑦分瓶的打法

1. 飞碟球　2. 钩球　3. 弧线球

1、3 击⑤号瓶右侧，由倒下⑤号瓶弹击⑦号瓶

2. 用球分别击⑤号瓶左侧和⑦号瓶

（16）⑤—⑩分瓶（图 138）

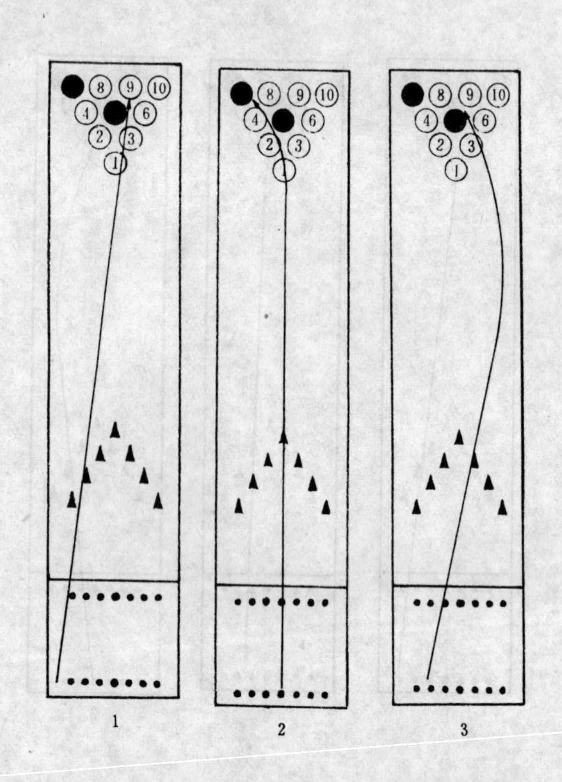

图 138　⑤—⑩分瓶的打法

1. 飞碟球　2. 钩球　3. 弧线球

球击⑤号瓶左侧、倒下的⑤号瓶弹击⑩号瓶

（17）⑤—⑧—⑩分瓶（图 139）

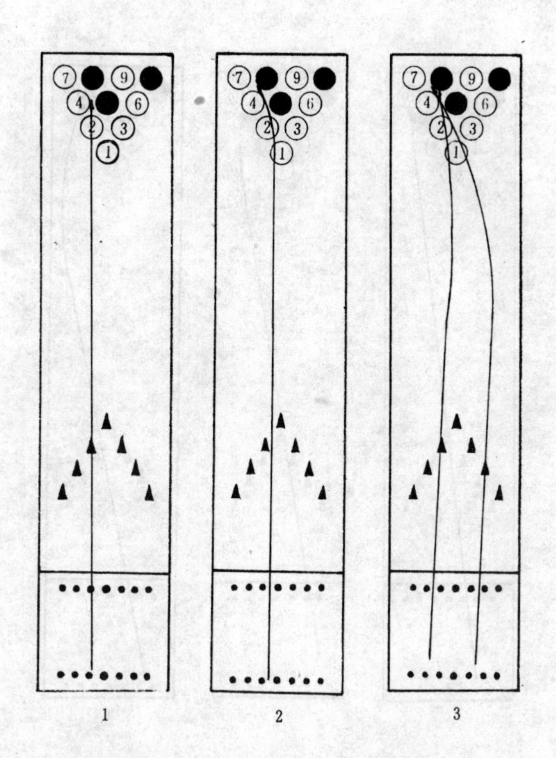

图 139　⑤—⑧—⑩分瓶的打法

1. 飞碟球　2. 钩球　3. 弧线球

球击⑤、⑧号瓶左侧，但对⑤号瓶应击得薄一些，由倒下⑤号瓶弹击⑩号瓶

(18) ⑥—⑦分瓶（图 140）

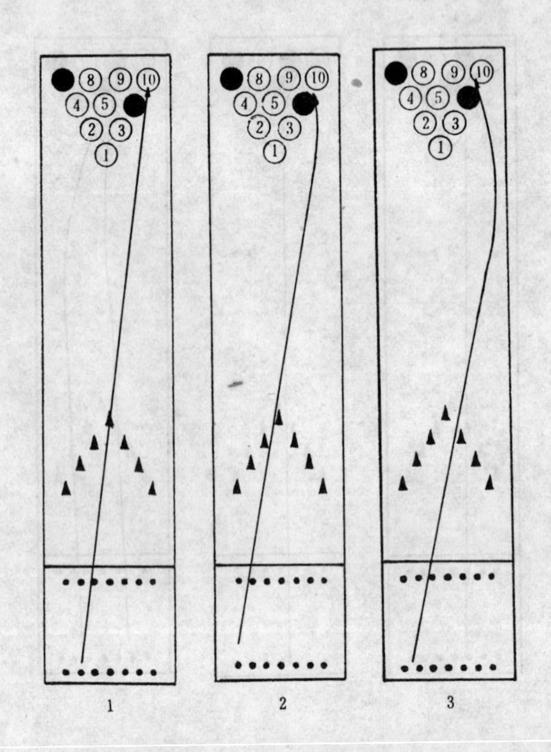

图 140　⑥—⑦分瓶的打法

1. 飞碟球　2. 钩球　3. 弧线球

球擦⑥号瓶右侧，由⑥号瓶倒下滑击⑦号瓶

（19）⑥—⑦—⑩分瓶（图 141）

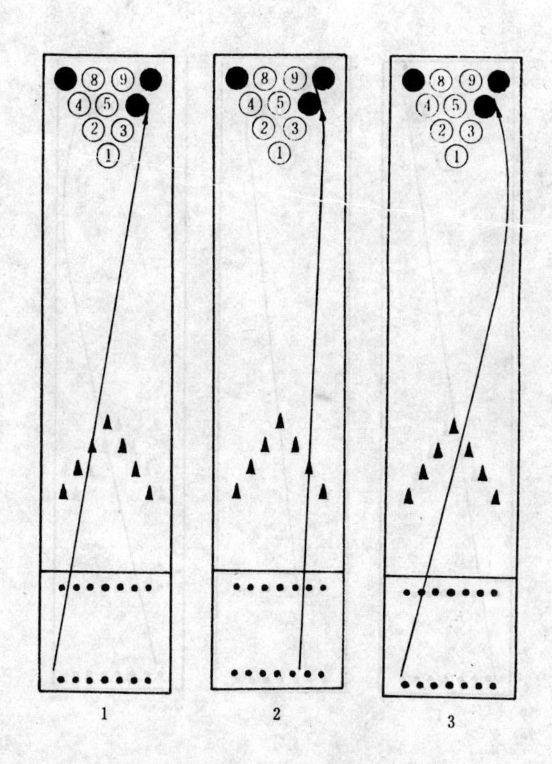

图 141　⑥—⑦—⑩分瓶的打法

1. 飞碟球　2. 钩球　3. 弧线球

用球击⑥号瓶右侧，由弹起的⑥号瓶去冲撞⑦号瓶，球再去碰⑩号瓶

(20) ⑥—⑧分瓶（图 142）

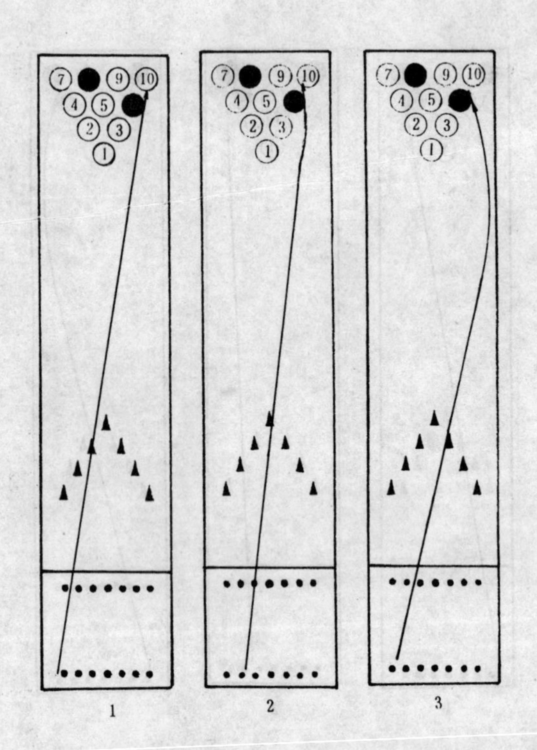

图 142 ⑥—⑧分瓶的打法

1. 飞碟球　2. 钩球　3. 弧线球

球击⑥号瓶右侧，由⑥号瓶再去击⑧号瓶

（21）⑦—⑨分瓶（图 143）

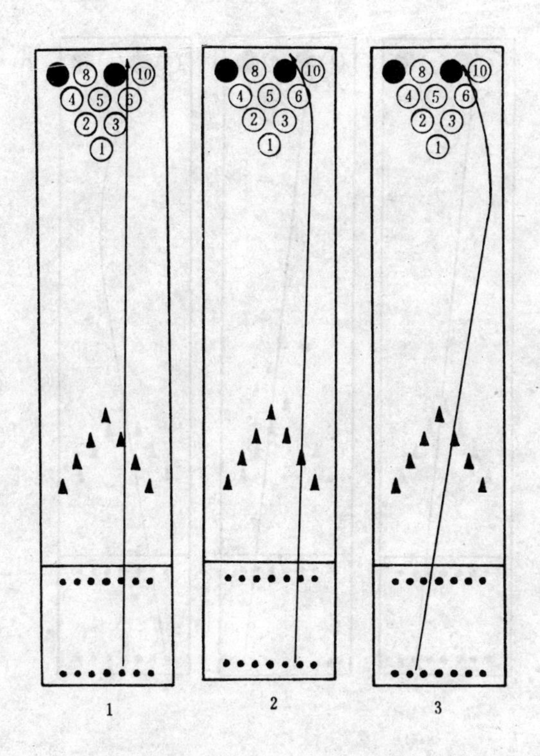

图 143　⑦—⑨分瓶的打法

1. 飞碟球　2. 钩球　3. 弧线球

球擦⑨号瓶的右侧，被弹起的⑨号瓶去碰⑦号瓶

(22) ⑧—⑩分瓶（图 144）

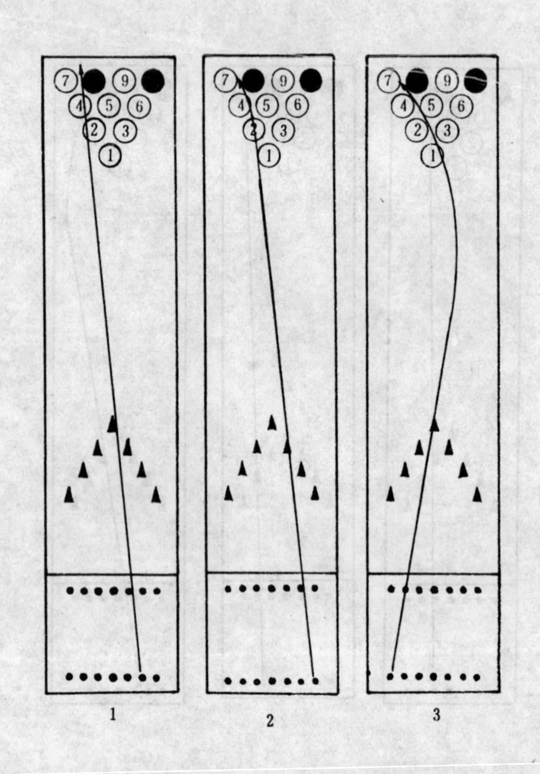

图 144　⑧—⑩分瓶的打法

1. 飞碟球　2. 钩球　3. 弧线球

球轻擦⑧号瓶左侧，跳起的⑧号瓶碰击⑩号瓶

七、规则与计分方法

（一）FIQ 国际保龄球总会十瓶部比赛规则

国际保龄球协会（FIQ）创立于1952年，通过世界性和地区性的保龄球比赛，来增进国际友谊，以培养世界各地人士对业余十瓶制和九瓶制保龄球的兴趣。

目前，国际保龄球学会已经建立了一套完整的章程和比赛规则，这些章程和规则不仅裁判员要熟悉，运动员也需要学习和掌握。对于保龄球馆举行的商业性比赛，此章程和规则也具有参考和指导性意义。

国际保龄球协会十瓶部制订了下列比赛规则，规定了保龄球比赛用品及设备的规格（现摘录部分重要内容），这些被提议作为各国地区进行保龄球比赛的规则，以求趋于统一。

这里所定的规则和各种规定，将普遍适用于国际保龄球协会（FIQ）十瓶部主办的世界性业余锦标赛，以及由国际保龄球协会（FIQ）批准（认可）的国际锦标赛和包括会员之间的比赛。

①在所有十瓶部认可的比赛中，其采用的球道及设备的尺寸、重量必须符合十瓶部规定的规格及条例。

②在国际保协（FIQ）认可的赛事中，所有被使用的球道必须由该国家总会证明合格。当国际保协（FIQ）举行世界业余锦标赛时，主办比赛的国家总会除了应该负担此赛事的经费外，同时还应邀请国际保协（FIQ）十瓶部的秘书或由他指派的代表检查球

道，以达到最后的确认。然而，当国际保协举行区域性业余锦标赛时，最后的检查和证明应该由区域联盟的常务委员会所任命其区域的一个分会担任。这些经费应该由主办比赛的国家总会负担。

③每个国家总会应该指定一人或数人，他（他们）在该国举行认可国际比赛时的职责是：监督一切工作、比赛过程、遵照规则。

一般比赛规则如下。

规则：第 107 条　分瓶

分瓶是指当第 1 球已被合法地投出，把 1 号瓶及其他几只瓶子击倒，而剩下的瓶子呈下列两种状态。

①剩下两只以上的瓶子，它们之间，至少有 1 个瓶子被击倒。例如⑦号瓶和⑨号瓶或③号瓶和⑩号瓶。

②剩下两只以上的瓶子，紧换在它们前面的瓶子至少有一只被击倒。例如⑤号瓶或⑥号瓶。

形成分瓶时，用（O）符号，记录在该成绩栏的左上角来表示。当运动员在该格进行第 2 次投球之前，即将该格第 1 次投球所击倒的瓶数记录在该成绩栏左上角的（O）内，以表示分瓶。当运动员将分瓶补中时，应在该格右上方的小格内予以记录。当运动员在第 2 次投球没有补中时，应将其所击倒的瓶数或失误记录在该格成绩右上方，小格的成绩应在第 2 次投球结束时立即予以记录。

规则：第 112 条　合法击倒球瓶（合法积分）

运动员的每一次投球都应该被记录，除非被宣布为死球，被宣判死球后，必须将球瓶予以重新排列。

①凡被球击倒的木瓶，或被其他瓶子击倒的瓶子，或者被从两侧隔板反弹回来的瓶子所击倒的瓶，以及从后方球垫反弹出来的瓶所击倒的木瓶和停留在扫瓶器之前的瓶子，或是斜靠在边墙隔板上的瓶子，均作击倒的瓶计算。

②运动员在 10 个瓶被全部放置的情况下投球或投补中球时，如球已投出，即使立刻发现有一个瓶或更多的瓶排列位置不当，但没缺瓶，该球及其得分应被计算。

决定瓶的位置排列是否正确，其责任在各运动员。如发现球瓶的排列不正确，必须在投球前向执行裁判员提出申诉；如未经申诉，将被认为对瓶的排列表示满意。如经过一次重新拽置瓶子后，执行裁判员应决定瓶子位置是否正确。运动员在第 1 次投球后，当剩余的瓶子被自动放瓶器移动或误置时，此被移动或误置之瓶将维持在该处，而不得予以更改。

③被合法的球所击倒在球道上或球坑里的瓶以及聚在球道两侧的护（弹）板或隔板上的瓶必须被当作击倒的瓶计算。而在下一次投球之前，这些瓶子都应该清除掉。

规则：第 113 条　不合法击倒球瓶（不合法积分）

在下列情况下，所投出的球有效，而被击倒的瓶则不予计算。

①当投出的球在到达瓶子的位置之前脱离球道，然后才击倒瓶子。

②当投出的球从后面的护垫反弹回来击倒球瓶。

③当瓶子接触到瓶子排列员的身体、手臂、腿、脚等而反弹回来击倒球瓶（注：此款是适用于无自动放瓶器、而需要瓶子排列员时）。

④自动放瓶器或是瓶子排列员在清除倒瓶时，碰倒竖立或运动的瓶均不应计算，而应在投球前将此碰倒的瓶放置在原先放瓶点处。

⑤瓶脱离球道后又反弹回球道而竖立不倒，都必须视为竖立瓶计算。

⑥如果在投球中犯规，则被击倒的瓶不予计算。

不合法击倒瓶一旦出现，应恢复原位。

规则：第 114 条　死球

下列情况如发生，即被宣布为死球，其得分不予记录，瓶子必须重新放置，运动员则需要重新进行投球。

①如运动员一次投球后（同一球道下次投球前），立即发现所摆的球瓶缺少一个或数个。

②当球还在滚动、或在球未到达瓶的位置之前，因瓶子排列员干扰了任何瓶时。

③当运动员在错误球道上投球或者没有按顺序投球时。

④当球正要被投出，并在完成投球之前，运动员身体受到其他运动员、观众或物体干扰时，运动员必须选择是接受此球将要击倒瓶的得分结果，还是宣布为死球，要求将瓶重新予以放置。

⑤运动员在投球后，在球到达瓶之前瓶子发生移动或倾倒。

⑥当运动员投出的球接触到任何障碍时。

规则：第 115 条　不被承认击倒的瓶子

除了运动员合法投球击倒瓶子，或将瓶子击出球道外，其余均不予承认。

运动员必须在每格比赛中，遵照规定的投球顺序进行投球，其得分才予以承认。

规则：第 119 条　犯规的定义

在合法投球时或投球后，运动员的身体触及或超越犯规线以及接触了球道及其设备及建筑物时，即宣布为犯规，该球所击倒的瓶子不予承认及记录，这次投球应在该名运动员投球结束后、下一个运动员将要进行投球之前，宣布为犯规。

如运动员的犯规明显地被双方教练或是双方各一名以上运动员，或是公认的记分员及一名比赛执行裁判，明确地指认犯规时，即使该项犯规裁判员、记录员、比赛执行裁判由于疏忽没有看到的情况下，以及也没有被国际保协所承认的自动犯规检测器记录到，均应该作出犯规的裁决或仲裁，并加以宣布和记录。

规则：第 120 条　故意犯规

当故意犯规时，该运动员在该格的得分为零分。

规则：第 121 条　犯规的记录

运动员犯规应予以记录（F）在该格内，如记录是犯规，则该运动员无论击倒多少瓶子的得分都不应予以记录，其得分都为零。当运动员在该格的第 1 次投球犯规时，应将被其击倒的瓶子重新予以排列，而只在右小格中记录在第 2 次投球时所击倒的瓶子的得分。如第 1 次投球犯规，第 2 次投球击倒了所有瓶子，应记录补中。再如第 1 次投球犯规，第二次投球击倒少于十瓶时，应记录击倒的瓶数在右上角的小格内。运动员在第 1 次投球时没有犯规，而在第 2 次投球时犯规，应记录第一次没有犯规的得分。当运动员在第 10 格的第 1 次投球犯规时，而在第 2 次投球击倒了全部瓶子，应记录为补中，并可以投第 3 球，应将补中的得分再加上第 3 次投球的得分记录在该格。当运动员在第 10 格的第 3 次投球犯规时，只记录前两次投球的得分。

规则：第 306 条　赛事

（1）参加比赛的运动员人数

每个国家总会只能派出六男六女运动员参加比赛。

（2）比赛形式

每局比赛应该在一对球道上进行，一队或个人比赛应该连续依照所规定的秩序，每一格（或轮）在一条球道上投球，下一格在毗邻球道上投球，如此交替投球，在每一对球道上投完 5 格球后，该局即告结束，如当两名选手中，出现由谁先进行投球这一问题时，应由右方运动员先行投球（挑战赛除外）。

（3）比赛项目

男、女运动员应该分开进行比赛，但所设置的项目，男女均相同。

①单人赛　　　　　　　　　　　6 局

②双人赛（两人一队）　　　　　6 局

③三人队际赛（3 人一队）　　　6 局

④五人队际赛（5 人一队）　　　6 局

⑤精英准决赛，根据先前赛完的 24 局总积分的前 16 名运动员进行个人对投的单循环赛。

⑥精英总决赛，由前三名球员再比赛决出冠军、亚军、季军。

（4）比赛的程序

所有运动员全部在 12 条球道上进行六局比赛，每个国家总会有两名运动员在同一球道上进行比赛，每局比赛应该在不同球道上进行，同属一个国家总会的运动员至少要编排在两个不同时间的小组内。

双人赛：使用 12 条球道进行六局比赛，每局应在不同的球道上进行，每个国家总会派出的三队要分别编排在不同的球道上，同一总会的三队要尽可能分配在不同时间的小组内。

三人队际赛：使用 12 条球道，进行两组三局共六局比赛，每局应在不同的球道上进行，每一总会可派两队参加比赛，在可能的情况下，每总会所派的两队应该编排在不同的球道，当某一总会的代表队少于六人时，在替补规则的允许范围内，可以在第 2 组开始比赛时，替换一名运动员，或遵照（替补队员）的规则替换运动员。

五人队际赛：以两组三局的赛程，使用 12 条球道，在不同日期进行六局比赛，每一球道分配一条，每队在不同的球道上进行比赛，每队可以在替补规则允许的范围内，在后三局比赛开始前替换运动员。

额多队员：为能使每一运动员参加所有项目的比赛，比赛委员会就应把他们编成一个特别组合队，这个队是以不同分会的运动员组成。

精英准决赛：在前24局的比赛中，获得前十六名的运动员，可参加一局对打的单循环赛，每个运动员必须和其他十五名运动员分别进行一局对打比赛，这十五局比赛分两天举行，按照预先所排定的日期进行，第1天比赛八局，第2天比赛七局。每局运动员应该以抽签来决定编排顺序，每场比赛优胜者，在其一局的积分上，再加10分奖分。如双方和局，每个运动员各加5分奖分，比赛积分最高的前三名运动员可参加精英总决赛。

精英总决赛：准决赛的前三名运动员，根据下列赛制，以订出冠、亚、季军。

①准第3名的运动员和准第2名的运动员进行一局决胜负的比赛。

②得胜的运动员在另外一对球道和准第一名的运动员进行两局比赛，以决胜负。得胜球员将成为精英冠军。

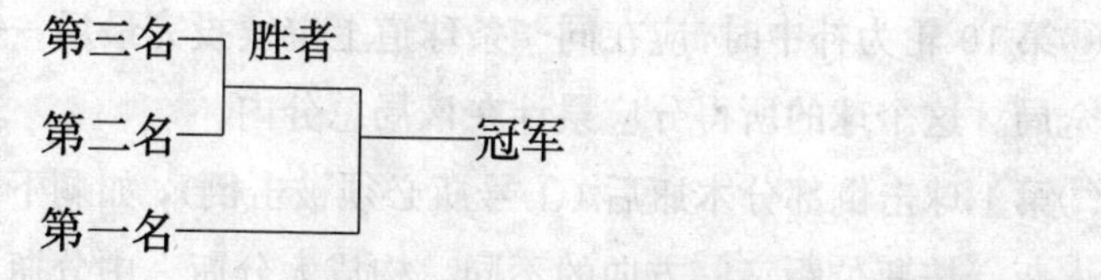

冠、亚军决赛连胜二局者为冠军，若是一胜一负则计二局的总分，高分者为冠军，若是二局总分相等时，从第9轮开始决胜负。

（二）计分

1. 计分规则简要说明

①保龄球按顺序每轮允许投2个球，投完10轮为1局。

②每击倒1个木瓶得1分。投完一轮将两个球的“所得分”相加，为该轮的“应得分”，10轮依次累计为全局的总分。

③保龄球运动有统一格式的计分表，第1球将全部木瓶击倒时，称为“全中”（斯特拉克），应在记分表上部的左边小格内用符员“╳”表示，该轮所得分为10分。第2球不得再投。但按规则规定，应奖励下轮两个球的所得分。它们所得分之和为该轮的应得分。

④当第1球击倒部分木瓶时，应在左边的小格内记上被击倒的木瓶数，作为第1球的所得分。

如果第2球将剩余木瓶全部击倒，则称为“补中”，应将记分表上部的右边小格内用符号“/”表示。该轮所得分计为10分。按规则规定，应奖励下轮第一球的所得分，它们所得分之和为该轮的应得分。

⑤第10轮全中时，应在同一条球道上继续投完最后两个球结束全局。这两个球的所得分应累计在该局总分内。

⑥第10轮为补中时，应在同一条球道上继续投完最后一个球结束全局。这个球的所得分应累计在该局总分内。

⑦第1球击倒部分木瓶后（①号瓶必须被击倒），如剩下两个以上木瓶，按瓶位距离、方向的不同，构成大分瓶、中分瓶、小分瓶和斜分瓶，也就是说构成了不同类型的技术瓶。这时除在左边小格内记上被击倒的木瓶数作为该轮所得分外，还应用符号“○”把数字圈起来表示（也可以在右边小格内用“○”符号为表示，等第2球投出后，将所击倒的木瓶数填入）。如果第2球将剩余的木瓶全部击倒，则应视为补中，用符号“∅”表示。

⑧如果第1球落入边沟，即为“失误球”，应在左边小格内用字母“G”表示，该球的所得分为零。如果第二球将10个木瓶全部击倒，应在右边小格内用符号“/”表示，按规则应视为10瓶

补中，该球所得分为10分。该轮的应得分按④所述计算。凡是第2球失误（落入边沟或未击中任何一个木瓶），应在右边小格内用符号“—”表示，亦即“失误球”，该球所得分为零，该轮的应得分只累计第1球的所得分。

⑨当第1球犯规时，应在左边小格用字母“F”表示，该球所得分为零。机械装置自动扫瓶后将木瓶重新放好。这轮只允许投一次球，并将这个球所得分记在右边小格内，作为应得分加以累计。如果第2球犯规，应在右边小格内用字母“F”表示，该球所得分为零，该轮应得分只累计第1球的所得分。

⑩如果第10轮中第1球犯规，同样在左边小格内用字母“F”表示，该球所得分为零。当第2球击倒全部木瓶时，应视为10瓶补中，该球的所得分为10分，并允许继续投完最后一轮，并把最后一个球的所得分累计在该局总分内。如果第10轮第1球为全中，应在左边小格内用符号“╳”表示。第2球犯规或失误时，应在中间小格内用字母“F”或符号“—”表示，并继续投完最后一个球。如果最后一个球犯规或失误时，应在右边小格内用字母“F”或符号“—”表示，该轮的应得分只累计有效球的所得分。

⑪如果从第1轮第1球开始到第10轮，连续12个球全中，按规则每个全中球应奖励下轮两个球的所得分，即每轮以30分计，“最高局分”将达到300分。

⑫比赛结束出现同分时，应从第9轮开始决胜负。

2. 计分符号表示

☒全倒：第1球就把10支球瓶全部击倒，记分记为10分，而且可以加下一格两球的记分。

◪ 再倒（补中）：又称“斯贝亚”，第1球投出，并没有把球全部击倒，而在投第2球的时候，才全部击倒。

▢ 技术球（分瓶）：在投出第1球以后，仍留有2个以上的球瓶，而且彼此不相邻。

⌀ 分瓶补中：残留的分瓶被第 2 球全部击倒。

⊟ 失误：投第 2 球时，剩下的球瓶 1 支也没有打倒。即使球掉入球沟中，若是第 2 次球，则不算洗沟，而称为失误。

[F] 犯规：投球时或投球后若身体的一部分触及犯规线，或接触球道的表面或设备的一部分，称为犯规。

[G] 下道：也称边清，即第 1 次投球时，球掉落球沟。

3. 计分实例

例 1：

格	1		2		3		4		5		6		7		8		9		10		
分数	6	3	9	—	G	3	8	/	7	/	X		9	/	⑧	1	8	φ	X	X	6
	9		18		21		38		58		78		96		105		125		151		
投球	第1投	第2投	第1投	第2投	第1投	第2投	第1投	第2投	第1投	第2投	第1投	第2投	第1投	第2投	第1投	第2投	第1投	第2投	第1投	第2投	第3投
点球	6	3	9	0	0	3	8	2	7	3	10		9	1	8	1	8	2	10	10	6
累计	6+3		9+9+0		18+0+3		21+8+2+7		38+7+3+10		58+10+9+1		78+9+1+8		96+8+1		105+8+2+10		125+10+10+6		
	9		18		21		38		58		78		96		105		125		151		

说明如下。

第 1 格：第 1 球击倒 6 个瓶，第 2 球击中 3 个瓶，这一轮共得 9 分。

第 2 格：第 1 球击倒 9 个瓶，第 2 球没有击中，这一轮共得 9 分，加第 1 轮所得分 9 分，合计为 18 分。

第 3 格：第 1 球滚入沟得 0 分，第 2 球击中 3 个瓶，这一轮共得 3 分，加前 2 轮的得分，计 21 分。

第 4 格：第 1 球击中 8 个瓶，第 2 球击中剩下的 2 个瓶，这一轮得 10 分。因为是补中（斯贝亚），所以可先不计合分，要等到第 5 轮的第 1 球投出后将它所击倒的瓶数一并记下为第 4 格的合分，第 5 轮的第 1 球击中 7 个瓶，故前 3 轮 21 分与第 4 轮 10 分相加是31分，再加上第5轮的第1球所得7分，前4轮计分为38分。

第5轮：第1球击倒7个瓶，第2球击中剩下的3个瓶，这一轮得10分，且是补中，所以先可不计合分，要等第6轮的第1球投出后将它所击倒的瓶数一并记下为第5轮的合分。由于第6轮的第1球是全倒，所以前4轮的38分与第5轮的10分相加起来是48分，再加上第6轮的第1球所得的10分，前5轮累计为58分。

第6轮：第1球全倒，在这种情况下，该轮不再投第2球，因为是“斯特拉克”，就要把下两次投球的得分加到这一轮的分数上；因为前5轮累计为58分，加上第6轮的10分，再加上第7轮第1球9分和第2球1分，前6轮累计得分为78分。

第7轮，第1球击中9个瓶，第2球击中剩下的1个瓶，这1轮得10分，并且是“斯贝亚”(补中)，所以可先不计累计分，要等到第8轮的第1球投出后，将它所击倒的瓶数一并记下，为第7轮的累计分。所以前6轮的78分与第7轮的10分相加是88分，再加上第8轮的第1球8分，前7轮的累计分为96分。

第8轮：第1球击倒8个瓶，第2球只击中所剩2个分瓶中的一个，故第8轮的得分为9分，加上前7轮的96分，前8轮的累计分为105分。

第9轮：第1球击倒8个瓶，第2球击中剩下的2个分瓶，故第9轮得10分。而且是补中，所以本轮的实际得分还得加上第10轮的第1球的得分，即前9轮的累计分为前8轮的105分再加第9轮的得分10分，再加上第10轮的第1球得分10分，累计得分125分。

第10轮：最后一轮中，第1球得10分，是“斯特拉克”，故还有2次投球机会，第2球也是全倒10分，第3球击倒6个瓶，本轮的得分为 26 分，加上前 9 轮所得 125 分，十轮总计得分为 151 分，这也是本局的最后得分。

例 2：

1	2	3	4	5	6	7	8	9	10
9 —	╳	7 1	╳	╳	7 1	╳	╳	9 /	╳ 9 /
9	27	35	62	82	102	131	151	171	191
9+0	9+10+7+1	27+7+1	35+10+10+7	62+10+7+3	82+7+3+10	102+10+10+9	131+10+9+1	151+9+1+10	171+10+9+1
9	27	35	62	82	102	131	151	171	191

例 3：（连续 12 个全中）

1	2	3	4	5	6	7	8	9	10
╳	╳	╳	╳	╳	╳	╳	╳	╳	╳ ╳ ╳
30	60	90	120	150	180	210	240	270	300

例 4（第 10 轮计分实例图）：

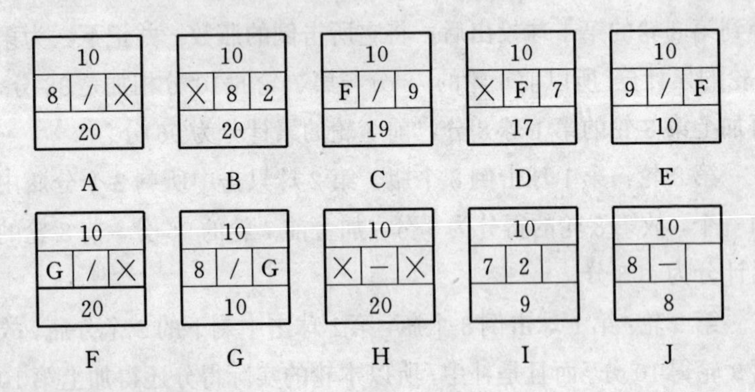

例 4 说明如下。

图 A：第 1 球 8 瓶，第 2 球补中，最后一球全中，本格得分为 20 分。

图 B：第 1 球全中，第 2 球 8 瓶，最后一球补中，得分 20 分。

图 C：第 1 球犯规，第 2 球补中，最后一球 9 瓶，得分 19 分。

图D：第1球全中，第2球犯规，最后一球7瓶，得分17分。
图E：第1球9瓶，第2球补中，最后一球犯规，得分10分。
图F：第1球失误，第2球补中，最后一球全中，得分20分。
图G：第1球8瓶，第2球补中，最后一球失误，得分10分。
图H：第1球全中，第2球失误，最后一球全中，得分20分。
图I：第1球7瓶，第2球2瓶，得分9分。
图J：第1球8瓶，第2球失误，得分8分。

附录

保龄球运动基本礼仪

保龄球是一项不受年龄限制任何人都可以参加的室内娱乐，但是在玩乐之余还必须注意一些基本礼仪。

①服从球场管理人员的指挥，遵守场地规则和有关规定。诸如进投球区时，必须更换保龄鞋；任何时候不管是在练习还是比赛，均不准穿汗背心和短裤。

②必须等到球瓶完全放置完之后再投球。

③确认左右。右侧优先，当在相邻的一对球道上投球时，两人同时取好球瞄准时，应主动让右侧球道的球员先投球。若旁邻球道上的球员已经取好球准备起步时，此时自己勿去取球，应停留在助走道底线之后，以免影响和干扰对方。投球时不要越过旁邻球道。

④爱护球道，乱投球容易使木质的球道凹凸不平，所以要尽量小心。

⑤无论是使用公用球还是个人专用球，自己必须牢牢记住该球，并且只能使用自己已选定的保龄球。

⑥在投球区，不可以做投球的预备姿势太久。投球后，摆弄姿势或做个人的习惯动作也只能在自己的助走道上，且不可长久留在投球区。

⑦不可投出高球；不可打扰正要投球人的注意力；不可因为连续投出好球时心情太激动从而使自己动作太夸张；不可因投球失误口出秽语；不可批评别人的缺点；不可因成绩不佳，而怪罪球道情况不良。

⑧当对手有高分表现时，必须拍手喝采，不仅表现出绅士风度，更可以增进彼此之间的友谊。

⑨暂时离开球道时，尽可能地换下保龄球鞋；喝过的饮料小心不要泼到球道上，保持球道的整洁。

（闽）新登字 03 号

图书在版编目（CIP）数据

保龄球入门与提高/林越英，陈涵，徐志诚编著．
福州：福建科学技术出版社，1999.7（2000 2 重印）
（运动与健康丛书）
ISBN 7-5335-1488-2

Ⅰ．保… Ⅱ．①林…②陈…③徐… Ⅲ．保龄球运动-基本知识 Ⅳ．G849.4

中国版本图书馆 CIP 数据核字（1999）第 57146 号

运动与健康丛书
保龄球入门与提高
林越英 陈涵 徐志诚
*
福建科学技术出版社出版、发行
（福州市东水路 76 号）
各地新华书店经销
福建省科发电脑排版服务公司排版
三明地质印刷厂印刷
开本 850×1168 毫米 1/32 5.25 印张 2 插页 122 千字
2000 年 2 月第 1 版第 2 次印刷
印数：5 001—10 000
ISBN 7-5335-1488-2/G・207
定价：8.60 元

(闽)新登字03号

图书在版编目(CIP)数据

[illegible]

中国版本图书馆CIP数据核字 [illegible]

[illegible]

ISBN [illegible]

[illegible]